藍澤 建
ill. へいろー
異能学園の最強は平穏に潜む 2
～規格外の怪物、無能を演じ学園を影から支配する～

1-C 黒月《くろつき》 奏《かなで》
【夜宴】の一員であり、トップクラスの学力と身体能力を持つ少年。【魔王の加護】を持つ。
1-C 朝比奈《あさひな》 霞《かすみ》
トップクラスの異能
【雷神の加護】を持つ美少女。
雨森のストーカー疑惑がある。
1-C 烏丸《からすま》 冬至《とうじ》
クラスの爽やかイケメンチャラ男。
雨森に友人として接してくる。
異能は【虚ろの王】だと公言している。

1-C 雨《あま》森《もり》 悠《ゆう》人《と》
主人公。学園を潰すため【夜宴】という組織を設立した。異能は不明。
1-C 倉《くら》敷《しき》 蛍《ほたる》
【夜宴】の一員であり、クラスメイトからの信頼を一身に集める美少女。【王】クラス以上の異能を持つ。

1―A 橘《たちばな》 月《つき》姫《ひ》
A組の真のリーダー。
雨森とは過去に因縁が
あるようで……？
1―B 星《ほし》奈《な》 蕾《つぼみ》
文芸部の部長を務める天使。
一言で表すと「純真無垢」。

異能学園の最強は平穏に潜む2
～規格外の怪物、無能を演じ学園を影から支配する～

CONTENTS

異能学園の最強は平穏に潜む2
～規格外の怪物、無能を演じ学園を影から支配する～

著　者：藍澤建　イラストレーター：へいろー

選英学園　生徒心得

一、あらゆる状況に対応する力を身につけるべく、与えられた異能を最大限に用いて文武を修め、社会人となる礎を作り上げること。

二、本校における生徒会は、生徒間での問題発生時に限り、厳正中立に仲裁する組織として学園が保有する一定の権限を有するものとする。

三、全生徒には定期テストの結果を基に生活費を支給する。学生ながらも自立した精神を育み、充実した学園生活を送ること。

四、個々人の主体性を磨くべく、外部との連絡は全ての場合において許可されない。また、退学する以外で学園外へ出ることは許されない。

五、学園における校則は絶対であり、学園及び教師陣もまた絶対である。それに逆らうことは何人たりとも許されない。

六、以上の項を念頭に置いた上で、規律ある学園生活を送ること。

SENEI GAKUEN

プロローグ

『人には生まれてきた理由がある』
数多《あまた》の本が並ぶ書店の一角、そんな題名に目が留まる。
足が止まる。気になって僕はその本を手に取った。
曰《いわ》く、人には生まれてきた理由がある。
何かを成すために人は生き、使命を尽くして果てるのだ。
あるいは、果てる瞬間にこそ人は自分の『理由』を悟る。
それは大きな偉業から、小さな愛まで。
人は必ず、何かを成すために生まれてきたのだ。
この世には、生まれてこなくていい人間などいないのだ——と。
そこまで読んで、実に興味深い意見だと思った。
生まれてこなければよかった人間なんていない。

──ならば、僕は一体何なのだろうか。そう疑問に思った。
その人生はあまりに罪深く、両の手は乾いた血で固まっている。
自分なんていなければ。そう思ったことは一度や二度じゃない。
にもかかわらず、死にたいとは思わないし、今の自分を曲げようとも思わない。
それが、間違いだと知っているはずなのに。
なんという……なんという救えなさ。
人の誕生が全て望まれるものならば──なるほど、僕はソレには該当しない。

本の表紙には、著者の名前が書いてある。
その名前を見下ろして……僕は、顔を顰《しか》めた。
「……なぁ、教えてくれよ」
人間失格と語るなら。
雨森悠人《あまもりゆうと》は、人でなしの怪物、ってことなのかな。
ややあって、僕は手に取った本を棚へと戻すことにした。
背表紙に書かれた著者名ごと、名残惜しくも指で本を押し込んだ。

第一章　図書館の少女　星奈蕾

熱原永志《ねつはらながし》率いる、一年A組との闘争要請《コンフリクト》から、数日。

一年C組には、黒月奏《くろつきかなで》の大ブームが来ていた。

「黒月くん！　勉強教えてー！」

「なー黒月！　俺に異能使うコツ教えてくれよ！」

「おいおい、黒月が迷惑してんぞ、散った散ったー」

黒月の席を中心にぞろぞろと集まっているクラスメイトたち。

どころか、教室の外にも多くの生徒が黒月を見に来ている。

彼はルックスも能力も優れているから、前座である僕の活躍なんてあっという間にかき消してくれるだろう――程度には考えていた。だが、まさかここまで触れられないとは思わなかったなぁ。これもイケメンの為《な》せる業、ってやつだろうか。

そうこう考えていると、一つ前、烏丸《からすま》の座席から声がした。

「……ったく、騒がしい奴《やつ》らだ。ちったあ俺らのことも考えて欲しいもんだぜ」

そこにはクラスカースト最上位、僕と同じように前座を務めていた佐久間《さくま》純也《じゅんや》が座っている。闘争要請《コンフリクト》で感じるものがあったのか、最近妙に話しかけてくるんだよな……。

危うく友達だと勘違いしちゃいそうな距離感だが、そんな好感度稼ぐようなことした記憶もない。僕はいつものように、テキトーに返事を考える。

「けど、黒月の人気も頷《うなず》ける。あれは強かった」

「お前もよっぽどだと思うけどな。……まぁ、最後の最後で黒月の野郎に全部持ってかれたみたいだけどよ」

そりゃそうだろう。そういう風に狙ったし。……とは思ったものの言うつもりもない。

ふと見ると、黒月の方を眺めている佐久間は何かを警戒しているようだった。

「けど……お前も気ぃつけろよ。枷《かせ》を嵌《は》めたとはいえ、熱原はアレで終わるようなタマでもねぇだろ。それに、俺がアイツの立場なら、黒月よりもてめぇにカッチン来てるはず。……狙われるとしたら、雨森。お前だ」

彼の言葉を聞いて、再度、闘争要請《コンフリクト》で戦った少年を思い出す。

1年A組、熱原永志。異能名は【熱鉄の加護】だったか。

朝比奈《あさひな》を策に嵌め、佐久間を真正面から叩《たた》き潰し。

僕に砕かれ、黒月に倒された。

結果的に、たった一人に四人がかりで対処しているわけだ。最後は黒月に敗北した熱原だったが、知略暴力ともに兼ね備えた強い男。それが彼に対する今の評価だ。

と言っても、彼は闘争要請《コンフリクト》に敗れたことで制約が課されている。

朝比奈が言うには……他者へ危害を加えることの禁止、とかなんとか。

ずいぶんと甘っちょろいとは思うし、その該当範囲を『A組全員』にしなかったのは判断ミスだとは思うけど……まあ、過ぎたことを言ってもしょうがない。

それに、交渉するには相手が悪すぎた。朝比奈も、居合わせた倉敷《くらしき》も。

きっと、異能で思考を誘導されている、なんて考えもしていないだろうし。

少なくとも、外から見た時のA組リーダーは熱原永志で。

彼のことだからまた何か企《たくら》むだろう、と警戒するのが通常の反応だ。

なら、僕はおとなしく通常の反応を返すとしよう。

「なるほどな、注意しておくよ。……少なくとも、逃げに徹して撒《ま》けない相手じゃないだろうし、その時は佐久間にでも助けを求めるさ」

「止《や》めろよ馬鹿野郎。俺と熱原は相性最悪、てめぇが加勢するとしても勝てる可能性はゼロってもんだ」

そう言いながら、佐久間は烏丸の席から立ち上がる。

僕は頑丈だから問題ないが、佐久間はまだ怪我《けが》の影響が残っている様子。松葉杖《まつばづえ》こそついていないが、片脚を引きずりながら自席へと戻っていった。

時間を見れば、既にホームルーム五分前。

そろそろいい時間だ。僕も佐久間も体調が万全ではないし、早めに戻って休んでいた方がいい。そう考えて窓の外へと視線を向けると……佐久間から声がかかった。

「けどまぁ……ピンチの時は頼れよ。友達《ダチ》だろ雨森」

少し驚き、佐久間を見る。彼は僕を一瞥《いちべつ》して再び歩き出した。

クラスは黒月ムード一色に染まっていたが、佐久間が一人になった途端、彼の取り巻きは佐久間の元へと向かってゆく。

負けても、膝を屈しても、怪我をしても。どんなになっても決して消えない眩《まばゆ》い光。

クラスカーストの頂点、佐久間純也。

……なぜ彼が、ここまで高みに座っているのか。

今まであまりよく分かっていなかったけど……今の一言で理解がついた。

佐久間純也は、単純にいいやつなのだ。

ぶっきらぼうで、口が悪くて。でも、誰より仲間を大切にしている。

そんな彼だからこそ、仲間が集まる、人望が集まる。

彼を中心として、クラスが回る。

「……こういう在り方も、あるのか」

僕は、前方へと視線を向ける。

そこには、席に座り、顔を俯《うつむ》かせる一人の少女が居た。

いつも、シャキリと伸びている背筋は丸まっている。

敗北より、数日。

彼女は何を考え、何を思うのか。

僕は息を吐くと、窓の外へと視線を戻す。

少しは僕も、気にかけるべきなのかもしれないな。

☆☆☆

その週末。僕はショッピングモールへ出向いていた。

実を言うと、僕は霧道《きりどう》を嵌めた時に電気店へ出向いて以来、ほとんど買い物をしていなかった。……といっても霧道が退学した後に一度だけ買い物にも来ているのだが、そこらへんは余談だろう。特に何もなかった。ぬいぐるみを押し付けられたくらいだ。

そして先日、ぬいぐるみしか置いていない自室を眺めて、ふと思ったのだ。

「そうだ、家具を買おう」と。

というわけで、やって来ましたショッピングモール。

どこのクラスとも知れない生徒たちが、私服に身を包んで、楽しくワイワイと過ごしている。敷地面積に対してあまり生徒数は多くないと思っていたが……従業員たちもこのショッピングモールを使っているんだろう。かなりの混雑っぷりだ。

こんなに混雑していたら、たとえ知り合いがいたって気づかないだろう。

そう思ったし、そう願った。なんなら今もずっと願い続けている。

ただ、どうやら僕は、運命の女神様に嫌われているらしい。

「……奇遇、ね、雨森くん」

僕の隣に立つ私服の少女。腰まで伸びる黒髪に、緑色の綺麗《きれい》な瞳。

しかし、その髪はぼさぼさで、寝ぐせだって直っていない。

どんよりとした瞳は、今朝鏡で見た僕の目とよく似て濁っている。

かつての正義の化身はその面影もなく、まるで亡霊のように立っていた。

「……何故《なぜ》お前がここにいる。朝比奈」

ショッピングモールに足を踏み入れて数分。僕は悪霊みたいな少女と鉢合わせした。

なんたる偶然、なんたる神の悪戯《いたずら》。ふざけんじゃねぇぶっ飛ばすぞ神。

とは思ったものの、そんな怒りも隣からの声で吹き飛んだ。

「……ふふ、なんでかしら。とくに用事もないのだけれど」

ちらりと隣を見る。彼女は壁に身体《からだ》を預け、いじいじと壁に指で何かを書いている。

よほど熱原に負けたのがこたえたらしい。たった一度の敗北で……と僕は考えたが、物事の捉え方なんて人それぞれだ。特に、彼女みたいに『正義の味方』なんて掲げた馬鹿には、そのたった一度がよく響く。その証拠がこの現状だ。

さて、どうしたものか……とりあえず逃げるか？

そう考えていると、ぽつりと、隣から声が聞こえてきた。

「……そういえば。名前、覚えてくれたのね」

あまりの重さに、きゅっと胃が痛くなった。

なんだろう、とても帰りたい。ショッピングモールなんて来るんじゃなかった。

やっぱり駄目だなぁ、その日の気分で買い物なんて来たら。

時代は通販だ。よし、次回からは自室から出ないぞーっと、僕は現実逃避した。

「……まぁ、な。最近になって、やっと名前と顔が一致したよ。倉敷さんが、お前のことを覚えろ、と煩《うるさ》くてな」

「……そう、蛍《ほたる》さんには、感謝しなくてはならないわね」

そう言って、朝比奈嬢は少し微笑《ほほえ》んだ。

しかし、その笑顔は儚《はかな》くて、今にも壊れてしまいそう。

正義の味方、正しいことの体現者。入学時の少女はそれにふさわしいだけの外面は完成していたはずだ。なのに、今では髪はボサボサ、私服はヨレヨレ、声にハリはなく、目の下にクマもある。……ホントに同一人物か？　僕も少し自信がなくなってきた。

そこまで考え、僕は大きく息を吐く。

本来、朝比奈の復帰工作は倉敷に任せるつもりだったが……この様子だと倉敷一人の手に余るかもしれない。こんなところで会ったのも何かの縁だろうし、少し、僕からも働きかけてみようか。僕は朝比奈嬢から視線を外すと、同じく壁へと体を預けた。

「……だいぶ、敗北はこたえたようだな」

いきなりの豪速ストレート。彼女は、僕の言葉に目を剝《む》いた。

しかし返事はなかったので、僕はさらに言葉を重ねる。

「何故、勝てると思ったんだ？」

「…………それ、は」

理由なんて、最初から分かっている。

けど、僕は責めているんじゃない。

だから、ガツガツ行くのはちょっと違う。

壊れないように、崩れないように、細心の注意を払って問いかけた。

急《せ》かさなければ、朝比奈ならちゃんと答えを持ってくる。

「……私、は。正義の味方に憧れた。正義は、絶対に負けないと……言うでしょう？　だから、私は負ける訳にはいかない。絶対に、負ける訳には……いかなかったの」

ポツリポツリと、朝比奈霞《かすみ》は語り出す。

正義は負けない。……まぁ、正論だな。

最終的に、悪が負けない道理はない。悪を貫く以上、必ずどこかで敗北が訪れる。

だけど同時に……正義が無敗たる道理もない。

それが、朝比奈霞の勘違い。正義だって負けるのだと、彼女は身に染みていなかった。

お前はきっと、憧れる対象を間違えた。朝比奈が過去、誰と出会い誰に憧れ、今に至ったのかは知らない。興味もない。だが。その憧れこそが間違いだったと断言できる。

恋は盲目と言うけれど、この女の場合――その憧れこそが盲目だった。

彼女の目指した正義の味方だって、苦しみ藻掻《もが》き失敗する、ただの人間だったんだ。

にもかかわらず、少女は最初から完璧を目指した。……なら、失敗して当然だ。

「……でも負けた。さて、お前の憧れた正義の味方と、あの時のお前の違いはなんだ?」

本音を隠し、彼女へと問う。

正義も負けるのだと身に染みた。それでようやくスタートラインだ。

なら、次だ。お前が考えるべきは『なぜ負けたか』だ。

負けた以上、必ずどこかに綻びがあったはずだ。

朝比奈霞は何を間違えたのか。その答えを考える。

彼女は再び俯いて、拳を握る。僕は黙って少女からの返事を待つ。

通りから少し外れた、日陰の壁際。二人して壁に背を預け、無言の時間が流れる。

数分ほど経《た》って隣を見れば、まだ彼女は顔を俯かせている。

ま、分からないよな。分かってたら負けるわけがない。

「……僕が思うに」

答えを教えるべく、話を切り出す。

しかし、自分が言おうとしている単語を頭の中で復唱し……こりゃ道徳的によろしくないなと思い直した。なので、ちょっと本音に嘘《うそ》を被《かぶ》せて彼女に告げる。

「正義の味方に最も必要な素質は、『責任感』だ」

おそらく想定外であろう単語に、朝比奈《あさひな》嬢が顔を上げる。

「……責、任？」

「あぁ、責任だ。覚悟でも強さでも賢さでもない」

彼女の瞳が、僕を捉える。

正義の味方に必要な素質。それは責任感――だなんて、正直僕は思ってない。

高言垂れておいて申し訳ないが、正義に責任感なんて二の次だ。

なんだったら、無くてもいい。責任感が無くても正義の味方は成立するだろう。

だけど、今、彼女に伝える言葉は本音じゃダメだ。

もっと分かりやすく、直接彼女の糧になるような言葉じゃないといけない。

だから僕は、綺麗ごとの嘘を吐《つ》く。

「正義の味方には、責任が付き纏《まと》う。人を助けて当然なんだ。助けられなければ責められる。追い詰められる。……今回はクラスに救われたな。今のクラスにお前を嫌ってる人間は居ない。僕を除いてな」

「……辛辣ね」

彼女は苦笑したが、言うところはしっかりと言わなきゃな。

言うべきことをしっかり言って、自分の行動にはしっかりと責任を持つ。

社会人として当然のことを極めることが、正義の味方の前提条件だと僕は騙《かた》る。

「正義の味方、ヒーローは責任感を持たなければならない」

正義は負けないという無根拠な暴論ではなく、負けてはいけないという重荷こそが大前提。その上で正義の味方は『正義は負けない』と理論に則《のっと》って結論付ける。

そこを勘違いしたままでは、いつまで経っても成長はできない。

「朝比奈霞。正義の味方を目指すなら、お前は絶対に負けちゃいけない。崩れちゃいけない、折れちゃいけないんだ。……相手が狡猾《こうかつ》な手を使ってきた。相手がルールの裏をついてきた。相手が奇天烈《きてれつ》な行動に出た。それでも正義の味方は勝たねばならない。……そういう責任がある。理解できるな？」

僕は彼女の瞳を見据える。対する彼女も僕を見上げていたが、その目にかつて見えた自信はどこにもない。在るのは大きな不安だけだ。

……僕に、その不安を払拭することは出来ない。

いや、出来ないというより、したくないのだ。

朝比奈霞は正義の御旗だ。学園を滅ぼすために必要な鍵だ。

であるならば、助力など受けずに自力で僕の隣までたどり着いてもらいたい。

酸いも苦いも噛《か》み締めて、成長してもらいたい。

だから、助けない。僕はただ、道を示すだけだ。

「だから考えろ。あらゆる可能性を」

それ以外に、正義の味方を続けていく道はない。

「相手がどんな手を使うか、その結果どうなるか。……どんなに小さい可能性でも構わない。全てを考え、理解すること。そしてその解決策を考えておくこと。そうすれば想定外なんてことは起こり得ない。正義の味方に、敗北なんてありえない」

我ながら、無理難題言ってるなぁ、とは思う。

けど、正義の味方になる、ってのはそういうことだろ。

負ける訳にはいかない。

だから、負けないためにどんな努力も厭《いと》わない。

少なくとも、僕の考える正義の味方はそういうモノだ。

対する朝比奈霞は、確かに責任感を持って闘争要請《コンフリクト》へと臨んでいた。

けど、彼女のソレを責任感とは呼びたくない。あれは自分への妄信、思考放棄だ。

僕らが朝比奈霞に求めているのは、他者の運命をその身に背負い、先頭きって突っ走ることじゃない。——絶対に期待を裏切らないことだけだ。

「……そうすれば、私は、負けない、のかしら？」

「断言する。責任感を正しく持て。期待に満点で応えて見せろ。……いや、それ以上を実現し続けろ。目の前のことからひとつずつ、地道に、確実にこなしていけばいい。そうすれば、いつかお前は『負けない人間』になっている」

ふと考える。そこまで成長した朝比奈霞なら、僕を倒せるだろうか？

強い責任感を持ち、あらゆる可能性を追求する正義の味方。

正しいことの体現者。

彼女ならば、僕を打倒することが出来るだろうか？

そう考えて……直《す》ぐにやめた。

それは、その時になってから考えるべきだろうから。

彼女は難しそうに顔を歪《ゆが》めている。

僕が告げたことを実践するのは正直難しい。

というか僕自身、朝比奈霞にソレができるだなんて微塵《みじん》も思っちゃいない。

けど、正義の味方になるとお前は言った。なら、覚悟くらいは示して見せろ。

僕の想定を覆すくらいじゃないと、正義の味方は務まらない。

「それとも何か、お前の『憧れ』はその程度だったのか」

「……ッ！」

朝比奈嬢はぎりりと歯を食いしばるが、返事は出来ない。

返事も出来ない程に、悔しさに苛《さいな》まれているだろうから。

……さて、言うべきことは既に告げた。

僕からのおせっかいも、これ以上は不要だろう。あとは朝比奈自身と、彼女の周囲に居る人間に任せるとしよう。そう考え、僕はその場を後にする。

その際に見えた、彼女の横顔は。

「……いい顔、出来るじゃないか」

恐ろしいくらい、覚悟が透けて見えていた。

☆☆☆

「おはよう！　雨森《あまもり》くん！」

「えっ？　誰ですか、いきなり……」

「クラスメイトの朝比奈よ！」

月曜日。朝比奈嬢は元気よく挨拶をかましてきた。

もちろん一昨日のことなんて忘れている僕に、彼女は再び自己紹介している。

僕は気にせず席に着いたが、彼女の変化に多くの生徒が困惑を浮かべている。

倉敷《くらしき》が『何を言ったんだ？』と明らかに僕を疑っていたため、僕は視線を逸《そ》らした。

「土曜日は名前を覚えていてくれたのだけれど……」

「悪い、興味のない名前はすぐ忘れるタイプなんだ。えっと……名前なんでしたっけ？」

いつもより二割増でどキツイ言葉の刃。

普段ならグサリと効果音が響き、吐血と共に崩れ落ちるところだが……珍しいな。今日は余裕の表情まで浮かべてやがる。

「この前、雨森くんに言われた通り……多くの可能性を考えてみたの！　これしきの言葉の刃、まだまだ想定の範囲内――」

「あの、ウザいんで黙って貰《もら》えます？」

「……そ、想定の、は、はん、はんい、なな、な、……っ！」

ぐげほっ！　と、朝比奈霞は吐血した。

途中まで耐えてたんだがなぁ。最後の最後で刺さっちまったか。

「か、霞《かすみ》ちゃーーーーんっ!?」

倉敷の悲鳴が響き……やっとこさ、前の一年C組が戻ってきた。クラスメイトたちが懐かしさに笑い合い、ボロボロになった朝比奈嬢は倉敷の肩を借りて立ち上がる。

「蛍《ほたる》さん……ごめんなさい」

「霞ちゃんに謝罪なんて似合わないよっ！　霞ちゃんは、いつもみたいに正々堂々としていればいいんだよ！　今度からは、私たちもしっかり考えるもんね！　絶対に負けてやるもんか！」

非常に眩《まばゆ》い養殖笑顔だった。彼女がぐっと拳を掲げると、わいわいとクラスメイト達《たち》が彼女の元に集まる。こうしてみると青春の一ページだが、倉敷の内面を知っている以上、なんか見てられなくて視線を逸らす。

すると、横っ面に鋭い視線が突き刺さった。

「ほらっ、雨森くんも！　いいかげん霞ちゃんと仲直りしよっ？」

「悪い、そいつのことは嫌いなんだ」

「ひぐっ!?」

歯に衣《きぬ》着せぬ本心に、朝比奈嬢が痙攣《けいれん》した。

そんなことをしていると、既にホームルーム数分前だ。

不満そうな倉敷やらが席へ戻ってゆくと、ちょうどいいタイミングで榊《さかき》先生が教室へと入ってくる。……珍しいな、普段はチャイムと同時に入ってくるのに。

「ん？　榊先生ー！　今日はどーしたんだー？　なんか早くないかー？」

最近、クラスのムードメーカーとして佐久間《さくま》グループ（いわずと知れたカースト最上位）に入った、錦町《にしきまち》がバカみたいな大声で問いかけた。

あの佐久間が傍《そば》に置くんだから何かしらあるんだろう。

そう考えてここ最近は注目していたが……うん、錦町は錦町でしたね。

ただ、ガタイと声が大きいだけのバカ。あとテンションがおかしい。

こいつが狙ってこのキャラを演じているのだとしたら、たぶん倉敷でさえ脱帽するよ。

そのレベルでバカ丸出しである。

「錦町、声がうるさい。……それとおはよう諸君。実は、熱原《ねつはら》にやられた間鍋《まなべ》が、ようやく学校に来れるようになったのでな。今回は特別に、私が登校中の護衛をしたのさ」

彼女の言葉に、クラスが沸いた。

クラス前方のドアが開く。かくしてそこには一人のメガネ少年が立っていた。

オタク臭を隠そうともしない陰キャっぷり。

メガネを中指で押し上げ、アニメキャラのストラップが大量にぶら下がったカバンをじゃらじゃら鳴らしている。間違いない……あの間鍋君だ！

彼はクラスへ足を踏み入れると、以前と変わらぬ雰囲気でこう言った。

「久しぶり、三次元諸君。おかげで嫁と蜜月な時間を過ごせたよ」

彼が手に持ったスマートフォンには、妙に薄着のアニメキャラクターが映されていた。

その光景に、もれなく全員がドン引きする。

こ、この……喋《しゃべ》るたびにうすら寒い空気を垂れ流す感じ……やっぱり間違いない！

何もなければ友達になってみたかったランキング堂々の一位！

僕にとっての『未知』の塊、好奇心惹《ひ》かれるあの間鍋くんだ！

クラスを代表して、頬を引き攣《つ》らせた烏丸《からすま》が声をかける。

「戻ってきたんだな……お帰り、間鍋！」

「ああ、三次元の烏丸よ。ただいま戻った」

こうして、一年C組は、完全な形で元通りになったのだった。

これでしばらくは平穏に、何事もない学園生活を送ることが出来るだろう。

――とか、そんなことを思ったのも束《つか》の間《ま》。

「それともう一つ、今日は早く来た理由があってな」

榊先生はそう言って、抱えていたプリントの束を教壇に置いた。

嫌な予感に警戒するクラスメイト達。さすがにこの学園が普通じゃないと身に染みて理解したのだろう。先ほどの賑《にぎ》やかさが嘘《うそ》のようにクラスは静まり返っている。

しかし彼女が告げたのは、あまりにも『普通の学園』っぽいことだった。

「貴様ら、そろそろ『部活動』を決める時期だ」

「……部活動？」

クラスを代表して、倉敷が困惑を漏らした。

その反応に、榊先生は「言ってなかったか？」みたいなことを言っている。

「霧道《きりどう》に、熱原と、いろいろと立て続いて忘れていたが、この学校は原則として必ず部活動に入らねばならない。……まあ、校則にはそういった条項がないため知らない者も多いだろうが、暗黙の了解のようなものだな」

なるほど……部活動か。

また闘争要請《コンフリクト》か、とも疑っていた分、少し拍子抜け。

だが、僕みたいなコミュニケーションエラーなぼっちにとって、部活動決めというのも中々にハードルが高い。なんだったら熱原戦以上の難易度に感じる。

倉敷は陸上部、佐久間は野球部。

そのほかの生徒も、各々部活に入っていると聞いている。

だが、僕は？　運動部系の方が活躍は出来るのだろうが、運動部系のノリとかついていける気がしないし……。かといって特技もないからなぁ……。

前の方から流れてきた入部届を見ていると、ちょうど始業のチャイムが鳴る。

榊先生は数枚残った入部届を片付け、「決めておけ」とだけ言って授業に入る。

「それでは、さっそく一時限目の授業を――」

彼女は教材を用意し、僕ら生徒の方を振り返る。

しかし、授業前に部活の話をしたのは、榊先生にしては珍しい失敗だったな。

多くの生徒は話も聞かず、先ほど配られた入部届を眺めている。

榊先生はその様子を見て額に手を当て、自分の采配ミスをようやく悟ったらしい。

「――授業を、始めるつもりだったが。気が変わった。この時間は自習とする。内容は部活動の選定。せっかくだからこの時間内に決めてしまえ」

この様子では授業にならないだろうと、榊先生は判断したようだ。

「おー！　先生太っ腹！」

「烏丸、退学にされたいのか」

女性に対して失礼な発言に、榊先生は満面の笑みでそう返した。

発言した烏丸はさっと視線を逸らすと、空気を入れ換えるように話題を変えた。

「さ、さーてとっ、俺はどうしよっかな……。正直言うと帰宅部予定だったんだけど」

「おっ！　意外なんだなー！　烏丸帰宅部なの!?」

「錦町うるさい。……まあ、同感だけどな」

早速佐久間グループの話し声が聞こえてきた。

へえー、烏丸って帰宅部なんだ。個人的に、バスケ部とかでワイワイやってるんじゃないかと思ってたけど。そんなことを考えていると、頭の中に聞き覚えのある声がした。

（あっ、雨森さん！　僕はどうしたらいいですか？）

ちらりと視線を向けると、思いっきり黒月《くろつき》と目が合った。

……ああ、これがちらっと話題に上っていた念話、ってやつか。便利ですね。

（そうだな、好きにしたらいいんじゃないか？）

（なら雨森さんと同じところにします！）

念話でそう言って、黒月はフッと笑った。

素はこんな感じの少年風だが、表の顔はクールで孤高な狼《おおかみ》だからな。

珍しく黒月が笑ったということもあり、大勢の生徒が黒月の元へと押し寄せる。

相変わらず黒月は大人気だ。けっ、これだからイケメンは。

「あ、雨森くん！　一緒に生徒会でも――」

「さて、美術部にでもしようかな」

「む、無視……！」

目の前で朝比奈《あさひな》嬢が震えている。

僕は完全にスルーし、鉛筆で『美術部』と入部届に記入した。

すると、同じタイミングで黒月も入部届をカバンにしまった。……うん。なんか便利な魔法か何かで誰にも見られず記入したのかな？　多分美術部にしたんだろう。

……というか、別に好感度稼ぎしてるわけでもないのに、どうしてこんなに懐かれてるんでしょうね。このクラスに来てからというもの、懐かれてほしくもない相手に懐かれることが増えてきたように思える。そう考えて目の前の少女をガン見した。

「な、なら私も美術部に――」

「ストーカー容疑で訴えるぞ」

引き下がろうとしない朝比奈嬢に、直接口撃《ダイレクトアタック》！

彼女は大きく仰《の》け反ったが、何とか堪《こら》え、自身の入部届に『美術部』と記入した。

「ふ、ふふふ……その程度の反論は読めていたわ、雨森《あまもり》くん！　私、負けない！」

「……そうかよ、好きにすればいいさ」

面倒くさくなって視線を逸らすと、彼女は嬉《うれ》しそうに自分の席へと戻っていった。

そして、その後ろ姿を見送り――僕は『美術部』の文字を消して『文芸部』と書いた。

これで黒月と朝比奈嬢を引き合わせ、僕は厄介な二人から離れられる。

なんて簡単な作戦だろうか。そしてこんな簡単な作戦に引っかかっちゃう朝比奈嬢、ちょっと心配になってきます。ま、言って二日で変われば誰も苦労はしないけれど。

彼女は、倉敷と笑みを浮かべて話している。

その姿を、その笑顔を見て、僕は雲ひとつない青空を見上げた。

うん、今日も平和だ！

☆☆☆

何故《なぜ》、雨森悠人《ゆうと》は文芸部を選んだのか。

その理由は簡単。なんとなく緩そうだったから。それだけである。

『文芸部……か。アレは今年度から出来た部活だな』

時刻は既に放課後。文芸部を見に来た僕は、榊先生の言葉を思い出していた。

他の高校とは事情が異なり、闘争要請《コンフリクト》……つまりは異能力の潰し合いこそ最重要とされるこの学校に於《お》いて、そもそも文化系の部活は人気がない。

運動部は体を鍛えるため強くなれるだろうし、強い二年生や三年生とも知り合いになれる……かもしれない。そして強い人物と繋《つな》がりがあるというのは今後有利に働くことがある……かもしれない。まぁ、かもしれない、ってだけだけど。

だが、その『かもしれない』のためだけに動く生徒が大勢いる。

そのせいもあって、この学校で文化系の部活に入ろうとする生徒は稀《まれ》らしい。

「ここか……図書室」

文芸部の活動場所は、図書室と聞かされている。

この部活は一年生が部長をしていて、部員も部長を除けば誰も居ないという。つまり、先輩なんて誰もいないし、所属したって闘争要請《コンフリクト》にはなんのメリットもない。そういう部活だ。聞けば聞くほど最高の条件だね。自由に過ごせそうだし。

「さて、面倒な人じゃなければいいが」

呟《つぶや》いて、僕は図書室の扉を開ける。

途端に鼻を突く、懐かしい本の香り。

周囲に視線を巡らせると、やがて、一人の少女と目が合った。

「え、えっと……」

少女は困惑を浮かべ、僕は入部届を掲げる。

「ここ、文芸部でよろしかったですか」

「あ、その……はい」

図書室にいたのは、小柄な少女だった。

どこか儚《はかな》げで、触れれば折れてしまいそうな弱々しい少女。

少し色素の薄い髪の色は非現実的で、その雰囲気、この場所とも相まって、まるで妖精を前にしているような感覚だ。いや、妖精なんて見たこともないんですけどね。

「初めまして。雨森です。入部希望で来ました」

「……あ、私、星奈《ほしな》です……。あの、雨森くん……ですよね？　あの、その、A組と、戦っているの、見ました……。凄《すご》かったです」

あー、A組との闘争要請《コンフリクト》か。あれはグラウンドで大々的にやったし、ここの生徒なら全員が見ていたはずだ。彼女はA組でもC組でもない以上、B組の生徒なんだろうが、僕のことを知っていたっておかしくない。

ただ、少し違和感はあった。誰だって黒月のことを注目するはずだし……普通、前座の僕の名前まで憶《おぼ》えているか？……ま、別にどうだっていいけどさ。

「ありがとうございます。昔から武術を少しやってたんですが……まぁ、色々と疲れまして。興味もあったので、高校では文芸部に入ろうかなって……」

「そうなんですか……。雨森くんが来た時は、部活間違えたのかな……？　なんて、心配になりましたけど……良かったです」

そう言って、星奈さんは嬉しそうに笑った。


――次の瞬間、僕は森の中にいた。


「――は？」

小鳥のさえずり、木々が風に揺れる音。

母なる大地の温《ぬく》もり、遥《はる》かなる空の美しさ。

爽やかな風が頰を打つ。木々の隙間から木漏れ日が降りそそぐ。

まるで、在るべき場所へ帰ってきたような安心感がそこには在った。

——と、そこまで感じて目が醒《さ》める。

焦って周囲を見渡すが、何の変哲もない図書室だ。

げ、幻術……？　僕に対して通用するレベルの幻？

えっ、何か異能でも使いました？

驚き半分、警戒半分で彼女を凝視すると、そこには森に佇《たたず》む女神……じゃなかった。図書室で女神みたいな微笑《ほほえ》みを浮かべる星奈さん。

その姿を見て……なぜか、僕は過去の一幕を思い出した。

それはまだ僕が子供の頃、ある男と相対《あいたい》した時のことだった。

誰、とは明記しないが、当時の敵だったことは明言しておこうと思う。

その時に向けられた、むせ返るほどの殺意。研ぎ澄まされた上質なソレは明確な『死』の情景となって僕の脳内を占領した。僕はその瞬間、ありもしない地獄を幻視した。

なぜ今になってそんなことを思い出したのか、しっかりと理解して戦慄する。

……なんせ、彼女が放った『今の光景』は、それと同じだったからだ。

ただし、彼女が向けたのは殺意ではなく、純粋無垢《じゅんすいむく》な優しい笑顔。

人として他人へと向ける、ありふれた、ただの『好意』だ。

されど、あの笑顔には一片の陰りもなかった。

彼女はまるで赤子のように。何も知らない子供のように。
常識を超えた『純粋無垢』をばら撒《ま》いた。
その白さが、在りもしない光景を僕に感じさせた。
自分で言っておきながら、理解不能かつ意味不明な状況に頬が引きつる。
……どれほどだ。
どれだけ悪性を知らなければ、そこまで真っ白に生きていられる。
彼女には、おそらく欠片《かけら》の悪性も無い。
どれだけ深く彼女を探っても、汚点の一つも出てこないだろう。
それだけの潔白。想像もできない『生き様』。ある種の狂気に、僕は戦慄した。
というより、恐怖だろうか。
久しぶりに、自分の手に負えない『化け物』を前にしている。そんな感覚だった。
……まあ、化け物といっても僕とは正反対の存在だけどな。
僕が真正の悪だとすれば、彼女は真正の善そのものだ。
「く……眩《まぶ》しい」
「……？　あっ、ブラインドしましょうか？」
とてとてーっ、と窓のほうへと駆けていく星奈さん。
彼女の一挙手一投足。それらが全て、純粋無垢の絨毯爆撃《じゅうたんばくげき》。

誰彼構わず無垢をばら撒く、純白の機関銃。

ぐっ、苦しい！　心の内の悪性が浄化されていく……！

「こんな人類、存在するのか」

生まれてこのかた、他人と会話したことないんじゃないのかな、この子。

一切の冗談なく、心の底からそう疑った。彼女の白さはそういうレベルだ。

もうね、一緒に居るだけで浄化されそうですよ。

心が、じゃないよ？　もう体全身が消滅しそう。

汚さ、悪性の塊みたいな僕からしたら、彼女は唯一と呼べる天敵に思えた。

何とか息を整えていると、彼女はブラインドを閉めて帰ってくる。

「雨森くんが入部してくれたら、部長の私と、副部長の雨森くんと、部員の数が二人になりますねっ」

彼女はとっても嬉しそうに笑っている。あまりの眩《まばゆ》さにもはや昇天寸前である。

倉敷《くらしき》とか朝比奈《あさひな》嬢とか、最近はイロモノ枠としか接してこなかったから、それも相まって心と体に大ダメージ。危うく惚《ほ》れてしまいそうである。

昔、知り合いが『文学少女大好き！』と言っていた気持ちがよく分かったよ。

「部活の内容は……そうですね。考えたこともありませんでしたが、好きな時に来て、好きな本を読む。それだけです。雨森くんは、本は好きですか？」

「結構好きだと思いますよ」

そう答えると、不安そうに問いかけた星奈さんの表情が、パアァ！　と晴れていく。

守りたい、その笑顔。僕は胸を押さえてたたらを踏んだ。

「そ、そうですか！　よ、よかったぁ……。わ、私……昔からあまり友達が居なくて、いつか、友達と一緒に、本のお話をするのが、夢だったんです……」

安心したように、心の底から嬉《うれ》しそうに笑う星奈さん。

その表情はどこまでも優しくて……僕は、彼女へと向き直る。

ここまで話して理解した、やはり彼女は『悪』とは正反対にいる人物だ。

唯一の天敵とは言ったものの、彼女は未来永劫《みらいえいごう》、本当の意味での『敵』にはなり得ないだろう。それほどまでの善性と……言っちゃ悪いが、簡単に騙《だま》されそうな程の純粋さ。

簡単に言ってしまえば、赤ん坊みたいな人だ。

どこまでも真っ白な、美しい地図。

その地図は何色にも染まることはなく、きっとこの先も白いままだろう。

明らかに、僕が初めて出会った人種。

見たことも、どころか考えたこともなかった人物。

久しく揺らぐことのなかった僕の想定を、簡単に飛び越えてきた存在。

僕は心の中で笑みを浮かべる。

彼女は女神のような笑顔を返し、僕へと右手を差し出した。

「なので、これからよろしくお願いしますっ、雨森《あまもり》くん！」

ふと、僕は『期待』を覚えていることを自覚した。

想定外との遭遇なんて、久方ぶりだから。

僕はこの少女に期待した。

彼女は、僕にどんな光景を見せてくれるのだろうか、と。

「――ああ、よろしくお願いする。星奈部長」

そう言って、星奈さんと僕は握手を交わす。

当初考えていたよりも、ずっと楽しい部活動になりそうだ。

☆☆☆

だが、そんな楽しい時間もうたかたの夢。

「雨森くん？　昨日は……どうしたのかしら？　美術部に入部届を出したのだけれど、黒月《くろつき》くんしか見えなかったの」

「まず、誰だお前」

「朝比奈霞《かすみ》と申します」

翌日。星奈《ほしな》さんに癒され、いい気分のまま迎えたホームルーム。

それが終わった瞬間、文字通り、瞬くような速度で朝比奈霞が姿を現した。

その背後には黒月の姿まであり、不満タラタラな表情をしている。

「朝比奈霞……？　知らん名だな。お前は誰だ？」

「一年C組、女子生徒出席番号一番、あなたの同級生、あなたのクラスメイトにして、最初、席が隣であった者よ」

「……？　覚えてないな」

「ぐっ……」

とことん『知らぬ存ぜぬ』を貫き通す。

朝比奈嬢が胸を押さえてたたらを踏むと、それを見た黒月が僕の前へと進み出てくる。

おや、まさか……僕に歯向かうつもりかこいつ。

「俺は……まぁ、どうだっていいのだが？　本当に、俺は雨森のことは気にしていないのだが？　ただ、朝比奈が雨森雨森と言うため理由を聞いてみたところ、どうやら、ともに美術部へ入る約束をしたらしいじゃないか」

（雨森さん！　酷《ひど》いっすよ！　僕と一緒に美術部入るって約束したじゃないですか！　舞い上がっちゃって、まんまと騙されましたけど……これ、どう考えても僕と朝比奈さんをくっつける気満々じゃないですか！）

実声と念話が同時に飛んでくる。

そんな黒月を、僕は思いっきり睨《にら》み返す。

(ひぃっ!?)

途端、念話で悲鳴が聞こえた。

彼は無表情になると、何も言わず退散。

そのまま席に座り、まるで石のように動かなくなった。

瞬殺であった。

「く、黒月くん……!? あ、雨森くん対策がこんなにもあっさり……! やはり、一筋縄ではいかないようね!」

「一筋縄どころか、一万本あっても無理だと思うが」

僕の声を受け、朝比奈嬢はたじろいだ。

「僕は、邪魔されることなく自由に生きたいんだ。どこの誰とも知らない馬の骨に本当の部活を教えるほどヤワじゃな――」

「おーい雨森ー！　部活何にしたんだ?」

「卓球部だけど、どうした烏丸《からすま》」

「教えてるじゃないの!?」

たまたま偶然、通りかかった烏丸から声がかかり。

特に迷いもなく答えた僕へ、朝比奈嬢は吠《ほ》えた。

全く状況の読めていない烏丸は困惑。僕も困惑を浮かべてしまった。

「……何をいきなり」

「い、いま！　部活を！　教えないとか言ってたじゃない！　そ、それを、烏丸くんにはあっさりと！」

「まぁな。烏丸はチャラいが信用できる男だ。対するお前は信用とは最もかけ離れたよく分からない謎の女。そもそも、さっきから僕と話しているお前は誰なんだ？」

「なぁ雨森？　俺ってそんなにチャラく見える？」

ええ、チャラさで言えば霧道《きりどう》クラスだよお前は。

そう返しながらも、朝比奈嬢へと視線を戻す。彼女は度重なる口撃によりダメージを負っていたが、何とか吐血を堪《こら》え、不敵な笑みを浮かべて見せた。

「ふ、ふふ、ふふふふ！　卓球部！　この際、全く名前を覚えられてない現状は良しとしましょう！　どころか、顔も認識されなくなったことも、部屋で泣くとしてスルーしましょう！　今重要なのは、雨森くん！　あなたの部活が明らかになったということよ！」

朝比奈霞は叫んでいた。

彼女は勝利を確信し、対する僕は敗北を確信していた。僕は思わず顔を背けて――。

「ん？　俺って卓球部だけど、雨森なんて来てないぞ！」

錦町《にしきまち》の大声に、朝比奈霞は固まった。

話を聞いていた烏丸は腹を抱えて爆笑している。

朝比奈嬢は笑顔のまま硬直しており、空気の読めてない錦町は不思議そうにしている。

「なんだ？……もしかして！　俺のいない間に雨森入ったのか!?　おお、よろしくな雨森！　一緒に甲子園めざそうぜ！」

「卓球に甲子園はないと思うが。あと、僕は卓球部じゃないぞ錦町」

「そっかー！　分かったぞ！」

彼はそう言うと、にっしっしー！　と笑いながら佐久間《さくま》の方へ向かった。馬鹿丸出しである。佐久間は『うるせェのが来やがった』みたいな顔をしていたが、そいつを仲間に引き入れたお前の責任だ。頑張れ佐久間。

「ひっ、ひひひ！　あ、朝比奈さん、どんだけ雨森に嫌われてるんだよ……。錦町がいなかったら、今頃……ひははは！　ぷっ、ぶふっ！　い、いや悪い！　笑うつもりは無いんだけど……」

「安心しろ烏丸。この女は既に一度騙されて、全く違う部活に入ってる」

「ぶっは！」

烏丸が我慢出来ずに吹き出した。

朝比奈嬢はプルプルと震えだし、拳を握りしめる。

その瞳は思いっきり潤んでいて、僕をキッと睨んだ。

「わ、私……絶対に負けないんだから！」

そう言って、朝比奈嬢は駆け出した。

……言っちゃ悪いが、負け犬の遠吠えにしか聞こえなかった。

朝比奈嬢は倉敷の下《もと》に行ってわんわんと泣いており、それを一瞥《いちべつ》して烏丸を見た。

「ところで烏丸。少し相談なんだが……」

「ん？　珍しいな、雨森が俺に相談なんて……ホント、初めてじゃないか？」

そう言って彼はにやりと笑う。僕は視線を逸《そ》らした。

「……まあ、そうかもしれないな」

僕はそう言って、昨日から参加している部活について話した。

「実は僕の入った文芸部なんだが、部員が規定未満でな」

校則によると、部活動は最低でも五名以上の部員が必要だ。

それ以下となると、月に一度ある生徒会会議で『規定を満たしていない』と判断。その後、部活自体が解体となってしまう。……正直、文芸部にこだわるわけではないが、星奈さんを曇らせるような要因は一つでも排除しておきたい。

「……お前、ずいぶんとあっさり本当の部活言うんだな」

「何を今更。言ったはずだ、お前は信用できる相手だと」

彼の疑問をさらっと切ると、改めて彼へと相談する。

「で、だ。お前から見て、文芸部にふさわしいと思えるクラスメイトを選定してほしい」

「すげー無茶言ってくんなぁ……」

そうは言うが、僕は彼以上に『こういうこと』を頼むのに相応《ふさわ》しい人物を知らない。倉《くら》敷《しき》ならあるいは……とも思うが、あいつに任せると必ず悪ふざけを入れてくるし。

となると、クラスをよく知り、交友範囲も広い。加えてある程度の信用もある。

そんな烏丸冬至《とうじ》にお願いするのが、一番いい方法だと思った。

「まあ……そんなこと言われたら手伝うけどよ。どんなやつがいいんだ？」

「悪い奴《やつ》じゃないこと。あと、あまりうるさいのは嫌だな。錦町みたいな」

今も大声で騒いでいる錦町を一瞥、烏丸は苦笑いした。

「りょーかい。ま、親友の頼みだ。三日あればそれくらい集めとくぜ！」

そう言って彼はにしし と笑い、いつものグループへと参加しに行った。

チャラくしか見えない烏丸だし、真面目にも見えない烏丸だが、頷《うなず》いたのなら、あとは任せておいて問題ないだろう。そう僕は考える。

今まで見てきて、僕から烏丸冬至への評価は『友情は裏切らない男』となっている。

であれば、友達の頼みなら相応に応えてくれるはずだ。……まあ、読みが外れたら僕の見る目が無かったのだろう。そういうことにしておく。

「さて」

呟《つぶや》き、窓の外へと視線を向ける——ふりをして、窓の反射で教室前方を確認する。

そこには真っ赤な目で僕を睨んでいる朝比奈《あさひな》嬢の姿がある。

……無視され嘘吐《うそつ》かれ傷心して。彼女はいったいどんな行動に出るのか。

考えてみたけれど、僕が部活について口を開かない以上……取れる手段は限られる。

僕はため息一つ、窓ガラスに反射した彼女から視線を逸らす。

そして、嫌な予感が現実になったのは、その日の放課後のことだった。

本日最後のホームルームが終わり、放課後を告げるチャイムが鳴る。

僕は意気揚々と鞄《かばん》を背負い、さあ図書室へ！　と歩き出して……数分後。

ふと足を止めた僕は、振り返ることなく後方へ意識を向けた。

「……つけられている、か」

振り返ることはないが、僕が立ち止まったのと同時に、後方十メートルぴったりの位置で立ち止まった気配が一つ。生徒たちの帰宅ラッシュ。その雑踏の中で隠れているつもりだろうが、ストーキングする相手が悪すぎたね、朝比奈嬢。

……さて、気づいたはいいが、どうしようか。

このまま図書室に行くのは論外。もれなく朝比奈嬢が入部するだろう。

ならば、今日は図書室に行くのを諦める？　これも論外、朝比奈嬢のためだけに今後の予定を変える、っていうのはなんだかイラっと来る。今日は意地でも図書室へ行く。

と、そこまで考えて、僕は決めた。

「よし、撒《ま》くか」

呟くと、ほぼ同時に。

僕は生徒の帰宅ラッシュの中、合間を縫って走り出す。

校則の中には、廊下を走ってはいけません、というものはない。

当たり前すぎて校則化しなかったのか、あるいは別の理由があるのか。

答えは定かではないが、走っていいのなら走らせてもらう。

僕が走り出して間もなく、焦った様子の朝比奈嬢も加速した。

その速度は、僕が走る速度よりもずっと速い。

それもそのはず、彼女の異能は【雷神の加護】だ。

朝比奈嬢がその力を使う機会はほとんど無かった……にしても、霧道との喧嘩《けんか》を仲裁したときの速度から言って、異能を使った彼女の速度は一般生徒の数十倍だろう。

……考えれば考えるほど、反則に思えるような加速能力だ。

退学した『自称最速』が哀れに思えてくるほどである。

「くっ……速いな」

僕が校舎内を駆けながら振り返ると、すぐ目の前まで朝比奈嬢は迫っていた。

「あら、奇遇ね雨森《あまもり》くん！　部活へ行くのかしら！　私もついていくわよ！」

「糞《くそ》ストーカーが……」

おい、正義の味方がストーカーで大丈夫なんですか？

大丈夫じゃないよね、だっておかしいもの。正義の味方とストーカーなんて正反対に位置していてもおかしくないよ。そう心の中で吐き捨てる。

言わないのかって？　だって、言っても聞かなそうだし。認めなさそうだし。

「す、ストーカー？　いいえ雨森くん！　私は正義の味方よ！　そんな犯罪者予備軍と一緒にしないでもらいたいわ！」

「鏡を見て出直してこい」

僕はしばらく逃走を続けたが、全く逃げ切れる気配がなかった。

正攻法では……朝比奈霞《かすみ》から逃げ切るのは不可能か。

そう判断した僕は、大きく息を吐いて……走るのをやめた。

その場で立ち止まると、嬉《うれ》しそうに朝比奈嬢が近寄ってくる。

「ふふん！　私から逃げ切れると思ったら大間違いよ雨森くん！」

満面の笑みで彼女は言った。だけど、『逃げ切れないと悟った僕が本当の部活を教えてしまう』とか。そんな幻想を抱いているんだったら大間違いだぞ朝比奈霞。

お前から普通に逃げるのは諦めた。こっから先は——手段は問わない。

全力で、お前を振り切って星奈《ほしな》さんへと会いに行く！

「あ、そう」

僕はそう言って、男子トイレへ直行した！

瞬間、僕の前へと回り込む朝比奈嬢。

その顔は真っ赤に染まっており、彼女は焦って声を上げる。

「そっ、それは……反則じゃないかしら!?」

「なるほど、ストーカーな上に変態でもあるのか。赤の他人の『下』の管理までしようとは……これは見下げ果てたド変態だ。素で気持ち悪い」

「くぅぅ……！」

毒舌に対し、彼女は恥ずかしそうに歯を食いしばった。

——ここが勝機だ。僕はここぞとばかりに言葉で攻める。

「それにお前、僕一人捕まえられないくせに正義の味方を目指しているのか？」

「な……、それは——」

「男子トイレからの脱出口は、裏口の窓と、この出入口の二つだけ。僕のヘボ能力に比べ、お前の力は学園最高位の加護なんだろう？　そんな力まで貰《もら》っておいて……まさか、トイレに逃げ込んだ生徒一人捕まえられないなんて言わないよな？」

僕の言葉に、彼女は拳を握りしめた。

そして僕は確信した、よし勝ったな。

「……ええ、ええ！　もちろんよ雨森くん！　私は正義の味方になる！　なら、生徒一人捕まえるくらい朝飯前よ！　どこに逃げようと、絶対にあなたを捕まえてみせるわ！」

「あぁそうか。ドデカいのを捻《ひね》り出すんでな。遅くなるかもしれないが待っていてくれ」

「ど、ドデカ……っ⁉」

顔を真っ赤にした朝比奈嬢を他所《よそ》に、僕はトイレの中へと入る。

そして、発動！　変身能力！

僕は存在もしない男子生徒へと変身すると、何食わぬ顔で表の入口から外に出る。しかも、濡《ぬ》れてもいない手をハンカチで拭く素振りをしながら、だ。

顔を上げれば、顔を赤く染めた朝比奈嬢が腕を組み、男子トイレの前に仁王立ちしている。あら、傍《はた》から見れば変質者にしか見えないわね。

ざわざわと周囲から声が聞こえるが、全て無視して僕の帰りを待っているらしい。

とりあえず……お疲れ様、朝比奈さん！

今日は日が暮れるまで男子トイレの前で待っていてくれ！

僕は厄介者を排除した喜びに沸き、晴れやかな気分で図書室へ向かう。

さぁ、今日も星奈さんに癒されてくるとするか！

☆☆☆

——そして数日後。

今日も今日とて朝比奈嬢の追跡を振り切った僕は、図書室で固まっていた。

「おっ、雨森じゃん。おっすー」

その日、図書室には見慣れない人達《たち》の姿があったからだ。

……いや、見慣れない、って訳じゃないな。思いっきり知っている人だった。

というか、同じ一年C組の人達だった。

「あっ、雨森くん……！」

困惑している森の妖精……じゃない、間違えた、星奈さんが、僕を見て安心したように微笑《ほほえ》んだ。さっすが星奈さん、今日も安定の可愛《かわい》らしさだ。

その笑顔を見るだけで、今日一日、朝比奈の相手を頑張って良かったと思える。

そして、明日も頑張って朝比奈を撒こうと思える。

星奈さんの笑顔があれば、この世から戦争は消えるだろうな。

僕がホクホクしながら歩いていくと、見知った顔が四人もいやがる。

「雨森くんも、文芸部だったんだね！」

「井篠《いしの》か、どうしたんだ、みんな揃《そろ》って」

そこに居たのは……なんというか、珍しい組み合わせの四人だった。

一人は、以前の熱原《ねつはら》戦で僕の傷を治療してくれた少年、井篠真琴《まこと》。

名前だけ見れば明らかに女の子。外見を見ても明らかに女の子。

でも男。世界の不思議を体現したような存在だ。

「おや、雨森。図書室は漫画やラノベ……いわゆる二次元の宝庫かと思っていたが、ちゃんと三次元もいるのだな。……まぁ、自分は嫁さえいればどこでも構わないが」

そして説明不要の間鍋《まなべ》くん。あいっかわらず、凄《すご》い人だ。

えっ、何が、って？　聞くんじゃないよ野暮なことは。

とにかく凄い。語彙がそれしか出てこない。

「こら、間鍋。雨森とB組の子に失礼じゃん。……悪いね、雨森と部長さん、こいつ、色々と頭が沸いてんだ。基本的に無視してくれて構わないから」

そしてクラスメイトの火芥子《ひがらし》茶々《ちゃちゃ》さん。

赤みがかった長髪の、雰囲気クールな少女だ。

かなりの長身で、前にすると威圧的だが……話してみると案外いい人。面倒臭がり屋なオーラが漂ってるが、悪い人じゃない。そんな評判を聞いたことがある。

「おや、雨森氏！　貴殿もこの地に眠る龍脈を求める追求者でしたか！　だが、深淵《しんえん》を覗《のぞ》く時、深淵もまたこちらを覗き返しているのだ……！　とこしえの闇に包まれし極天の蒼《そう》穹《きゆう》。決して安易な覚悟で手を出してはならない……そう心得ることですよ！」

そして最後の四人目。天道《てんどう》さん。

C組が誇る厨二病《ちゆうにびよう》。前に変なあだ名を僕につけていた人だ。

ところで、とこしえの闇に包まれし極点の蒼穹ってなんなんだろうね。黒いのか青いのかハッキリしてほしいところだが、中二病とは元来そういうモノである。

考えるな、感じろってことだね！　なんとなく分かるよ、分かりたくはないけれど！

以上、男の娘《こ》、二次元オタク、面倒臭がり屋、厨二病。……どういう繫《つな》がりだ？

「星奈さん、なんなんだこいつら」

「あ、あの、入部希望と、いわれまして」

……入部希望？　もしかして――と思っていると、井篠がある人物の名前を言った。

「えっと……その、実は烏丸《からすま》君から紹介されたんだ。僕達って戦闘向きの能力じゃないし、あまり戦いたくもないから。文化系の部活を探してたところに声をかけられて」

なるほど、やっぱり烏丸か。あれ以降音沙汰ないとは思ってはいたが、しっかり動いてくれていたようだ。……まあ、人選がいいかどうかは分からないけど。

「え、えっと……烏丸君、ですか？」

「うちのクラスのチャラ男だな。星奈さんには伝え忘れていたが、部活の規定人数が足りてないから、ちょっと探してもらっていたんだ」

「えっ……規定人数なんてあったんですか」

星奈さんが心底驚いた顔をしていたので、僕はさっと視線を逸《そ》らす。

気にしてる素振りが無かったから、まさか……と思っていたが、そのまさかだったな。

星奈さん……部活っていうのは一人や二人で続けられるものじゃないのよ。

非常識と言うか、純粋と言うか。一周回って心配になってくるレベルである。

……たぶん、誰かしら支えてやらないと生きていけないよ、この人。

僕は深い心配を隠しながら、彼女へと声をかける。

「星奈さん。……まぁ、あの烏丸が選んだ以上、全員悪いヤツではないと思うけど、部長としてはどうだ？　最終的な決定権は、部長である星奈さんにあるだろうし」

「ええっ？　わ、私、ですか……？」

不安そうに僕を見上げる星奈さん。やばっ、可愛い。昇天するかと思った。

僕が心の中で膝を折ると、彼女は緊張気味に四人の前へと踏み出した。

「え、えっと、B組の、星奈蕾《つぼみ》です。一応部長をさせていただいてます」

「あ、ご丁寧にどうも。C組の井篠です。あと、間鍋くん、火芥子さん、天道さんです」

「あっ、こちらこそご丁寧にどうもありがとうございます……」

「いえいえ！　そんなそんな……」

絶世の女神と、神秘の男の娘、奇跡の共演。

なんだろう、夢でも見ているんだろうか？

不思議議だろ？　あの女神みたいなの、普通の女の子なんだぜ？

あそこで笑ってる女の子みたいなの、実は生えてるんだぜ？

世の中って、不思議なことでいっぱいだ。

「え、えっと……私は、その、一人でも多く、本の良さを知ってもらいたくて。なので、皆さんが来てくださって……とっても嬉しかったです」

星奈さんがそう笑うと、四人は大きく目を見開いていた。

しばらく固まっていた四人だったが、やがてハッと意識を取り戻す。

「……何この子、凄くいい子じゃん」

「……ふっ、まだ、三次元も捨てたものでは無いな」

火芥子さんと、間鍋くんがなんか言っていた。天道さんは衝撃的過ぎたのか完全に固まっており、井篠は今になってようやく正気へ戻ったようだ。

「……っ！　あ、は、はいっ！　頑張ります！」

「ふふっ、自分の好きなように、好きな本を読む。それが文芸部です」

そう言った星奈さんは、今日一の笑顔で彼らを迎える。

「ようこそ、文芸部へ。皆さんを歓迎します！」

こうして、文芸部に新たな部員が入部した。


──のは、いいのだが。

僕は図書室に入ってから、隣に立っている少女、星奈蕾に違和感を覚えていた。

心の中で冗談を吐きながら、注意深く観察し、彼女のソレを探り当てる。

僕は目を細め、彼女の頬を見る。

彼女の髪の隙間からは──殴られたように、赤くなった頬が見えていた。

その瞬間に感じたのは、胸が焼けるような嫌な予感。

そうであってほしくない。そう心から願ったけれど。


文芸部の部員が増えてから、数日後。

僕は、星奈蕾が『いじめ』に遭っている現場を目撃した。

第二章 一年B組の覇王

「おい雨森《あまもり》、朝比奈《あさひな》が使い物にならねぇんだが？」

ある日、倉敷《くらしき》が不満を漏らした。水曜日の放課後のことだった。

夜宴《やえん》……サバトと言えば土曜日の夜と相場が決まっている。

だが、土曜日は休日だ。休日に仕事をするとか愚の骨頂。

ということで、水曜日だけは文芸部を抜け、こちらの集会に顔を出している。

……と言っても、メンバーはまだ三人だけだがな。

「朝比奈が？」

「あぁ、最近はてめぇを追うのに躍起になって、他のことが見えなくなって来てるぜ。そろそろ捕まってやったらどうだ？」

なるほどな……朝比奈嬢、そういえばまだストーキング続けてるもんな。

まだ一回も僕を捕まえられたことないけれど。

「にしても、凄いですよね、雨森さん！ 目を悪くする、でしたっけ？ どうやったらその能力で朝比奈さんを撒《ま》けるんですか？」

「まだあんな能力信じてたのかよ……嘘《うそ》に決まってんだろ、嘘。てめぇ、雨森が関わると

途端にポンコツ化するよな」

それは同感。基本的に黒月《くろつき》は天才だが、僕の言葉を疑わない。

だから、たまーにポンコツ化するのだ。

しかし彼は首を傾《かし》げると、不思議そうに口を開いた。

「でも、雨森さんの言う通りにしていれば、最終的には勝つわけですよね。なら、雨森さんが関係することで頭を使うなんて馬鹿馬鹿しいと思って」

「……まぁ、そうならいいんだがな」

そう言いながら、僕を見る倉敷。僕は視線を逸らした。

うっはぁ、期待が重い。なんでこんなに信頼されてるの？ 僕。なにかしたっけ？

あ、そうだ。熱原と戦ったんだった。最近は星奈《ほしな》インパクトが強すぎて、熱原のことなんてすっかり忘れていた。大丈夫かなアイツ、多分洗脳されてるんだろうけど。

「とりあえず、朝比奈に関しては考えていることがある。……そろそろあの女には現実を見てもらわないと困るからな」

問題は、どうやって現実を見せるのか。

テキトーな生徒でも見つけてきて、自作自演で虐《いじ》めを再現するか？

虐めの標的は僕で問題ないだろうが……下手なことをすると佐久間《さくま》や烏丸といったクラスカースト最上位まで出張ってきそうで怖い。まぁ、騙《だま》し切るだけの自信はあるけど。

「二人には、その場その場で『善良な生徒として』の最適な行動をしてもらう。……お前たちなら、特に何も言わなくても問題は無いだろう」

「けっ、期待が重いな。肩が凝りそうだぜ」

安心しろ倉敷。僕は無理だと思うことは言わない。

お前らなら、どーせ出来るんだろう？

なら、やれ。僕が望むことはそれだけだ。

「あと黒月。お前は朝比奈と仲良くなるのも並行して進めてくれ。倉敷はもう親友レベルまで到達してるだろうが、お前はまだまだクラスメイトってだけだ。あらゆる手を使え。なんなら僕を踏み台にしても構わない」

「はい！　では、次は僕も雨森さんのストーキングをお手伝いしようかと思います！」

ひええ、お前まで加わるのかよぉ、なんてこったい。

変身能力だけで、朝比奈と黒月の二人を撒けるのだろうか？

少し不安だが、やってみるだけやってみよう。

無理なら素直に諦めよう、それが一番だ。

そう結論づけ、僕は椅子から立ち上がる。

外は夕暮れ、帰宅時間だ。

「では、解散。寄り道せずに帰るんだぞ、二人とも」

「うんっ！　また明日ねー！　雨森くんっ！」

「また明日会おう。雨森、倉敷」

見事に『外面』を被《かぶ》った二人は、それぞれ別々にクラスを後にする。

僕もまた大きく息を吐くと、二人と時間を空けて教室を後にした。

☆☆☆

「今日は一年生、三クラス合同での異能訓練がある」

それは翌日のこと。榊《さかき》先生の言葉は、C組へと大きな衝撃をもたらした。

一年生合同の訓練……ってのもそうだが、いやいや、この人もしかして『今日』って言いました？　冗談だろおい、と考えていると錦町《にしきまち》が声を上げた。

「へぁ!?　ちょ、ちょっと待ってくれよ榊先生！　合同訓練……ってことは、A組も一緒なんじゃないのか!?」

彼の言葉に、クラスメイトたちの顔が曇る。

A組、熱原《ねつはら》による影響はほぼ元通りになったとはいえ、過去は変えられない。アイツからの恐怖はまだ色濃く残っているだろう。

だからこその、錦町の発言。それに対し、榊先生は呆《あき》れたように頭を振った。

「あぁ、本来ならばそうであったのだが……何を考えているのやら。A組の担任教師曰《いわ》く、『A組の全生徒が体調不良で欠席した』とのことだ。従って、今日の訓練は、C組とB組のみで行われる」

「な……それって――！」

間違いない、ヤツの仕業だ。

ちなみにヤツと読んで熱原とは書かない。

橘《たちばな》と書いてヤツと読むのだ、勘違いしないようにね。

にしても、大胆なことするヤツだなぁ。教師まで身内に引き入れてるのかよ。

僕だったら榊先生を味方に引き入れるとか、考えたくもないけどな。

「これではっきりしたと思うが……A組は担任までもが『ヤツ』の手中に収められているようだ。……全く、今年度のA組は、歴代でも最悪の生徒が混じっているな」

榊先生は、橘の存在に気づいているのだろうか？

少し考えたが、よく考えたら知っていても知らなくてもさほど変わらない。僕は僕のやるべきことをやるだけだ。

「最悪の生徒……ですか」

「あぁ。朝比奈、気をつけることだな。貴様が正義の味方として君臨し続けたいのであれば……おそらく、最大の敵はA組となるだろう」

最大の敵を『学校』とは、彼女は言わなかった。

それの言わんとする意味を考え、内心で唸《うな》る。

A組をそれだけ評価しているのか。あるいは、朝比奈は学校の敵ではない、ということか。いずれにしたって肌寒い。悪い意味なのは間違いないだろう。

「というわけで、諸君。A組がいない間に力をつけろ。各々、体操着に着替え、体育館へと現地集合だ。遅刻はするなよ」

かくして、彼女は話を括《くく》った。

彼女が去っていったのを確認して、教室内は一気に騒《ざわ》めき出す。

「……やっぱり、アレだけじゃ終わらない、って訳かー。雨森、またお前さんの出番が来るかもしれないなー」

「……烏丸《からすま》か」

気軽に声をかけてきたのは、前の席の烏丸。

「アイツとマトモに勝負できる奴《やつ》なんて、朝比奈さんか、黒月か、実際に戦ってた雨森くらいなもんだろー？」

「悪いな、僕はもう戦いたくない。痛いのは嫌だ」

それに、お前が戦えばいいだろう。だってお前――。

その先を言いかけて……でもやめた。

なんとなく、今言うべき言葉じゃない気がしたから。

烏丸との会話もほどほどに。

僕らは更衣室へと向かい、体育着に着替えると、その足で体育館へと足を運んだ。

体育館は……入学式の時に入って以来か。

既にB組の面々は到着しているらしく、その中には星奈さんの姿も見えた。

わーい、星奈さんだぁ！　星奈さんもきょろきょろしていたが……僕のことは見つけられなかった様子だ。井篠《いしの》たちと楽しそうに手を振り合っていたよ。悔しい。

(雨森さん、雨森さん。B組は、なんか危険な人とか居るんですか？)

唐突に黒月の念話が飛んでくる。そうだなぁ……B組の事はほとんど知らないからなんとも言えないが、まぁ、誰かしら居るんじゃないかな？

初日の校則違反を免れた四名。

内の三人が、僕、朝比奈嬢、そしてA組の橘だろう。

でもって、最後の一人はA組、C組共に違うと思う。

だって、クラスの潰し合いを許容するような学校だ。

一クラスに最低でも一人、『やばい奴』がいないとおかしい。

でないとクラスの均衡が崩れてしまうだろう。学園はそういうことはしないと思う。

あくまでも公平に、何らかの基準を以《もっ》て生徒を振り分けたはずだ。

C組における、朝比奈《あさひな》嬢と倉敷蛍《くらしきほたる》、黒月奏《かなで》。

A組じゃ、その三人に匹敵する【個】として、橘月姫《つきひ》が選ばれた。

となると、B組は……なんだろうね？　星奈さんかな？　彼女から聞いた異能もかなり有用だったし可能性はあると思うが……それだけでC組と並ぶとは思えない。

少なくとも、もう一人以上。B組には警戒すべき生徒がいるはずだ。

そこまで結論付けた上で、僕が口にするのは『知らんぷり』だった。

（さぁな。B組のことなんて考えたこともなかったが……黒月も目を光らせておけ。この学校のことだ……なにもない、ってことは無いだろうからな）

（了解しました！）

元気よく返事が聞こえ、黒月の視線が気持ち鋭くなった。

僕は黒月から視線を外すと、改めてB組へと視線を巡らせてゆく。

逆に倉敷は……すげぇなアイツ、B組の中にずいずい入っていってるよ。なにあのコミュ力モンスター。他クラスに友達がいるってどゆこと？　僕なんて同じクラスにさえ友達がほとんどいないのに。

そうこう考えていると、近寄ってくる気配が一つあった。

「雨森《あまもり》くん、今回のこと、どう思う？」

「話しかけないで貰《もら》えますか、ド変態が移るので」

「ま、まだそんなことを……！」

話しかけてきた朝比奈嬢から数歩遠ざかる。

そういやこの人、あの後、ずぅーっとトイレの前で待ってたらしいね。

倉敷から連絡が来て、渋々『あ、ちなみにだけど、もう寮に戻ってるから。まさか、まだトイレの前で待ってるとは思ってないけどさ』みたいな連絡を入れたら、恥ずかしそうな声と共に通話が切れた。ドンマイ、今回ばかりは相手が悪かったよ朝比奈嬢。

「それに、なんで僕に聞く。聞くなら……倉敷さんでも、黒月でも烏丸でも居るだろう」

「蛍さんはあの通りだし……黒月くんには事前に聞いたわ。烏丸くんは信用出来ないわ。だってチャラいもの」

「なんか、俺の悪口が聞こえた気がする」

遠くの方から烏丸の声が聞こえた気がした。

その声に内心で苦笑うと、朝比奈嬢へと一瞥《いちべつ》をくれた。

「……黒月はなんて？」

「『A組、B組、C組……それぞれバランスが取れていないとおかしい』だそうよ。C組における私や黒月くんに匹敵する『誰か』が、A組やB組にも居て然《しか》るべき。これに関しては私も同意見だったわ。そのことで相談したいことがあるの」

なんだ、黒月も最初からわかってるじゃないか。その通りだよ。

つーか、分かってるならなんで僕に聞いた。まあ、答えなかった僕が文句言えるようなことでもないけどさ。ただ、次からも絶対答えてやらないと僕は心に決めたよ。

「というより、お前は『目の前のこと』ばかりを見ている場合じゃないと思うが」

先ばかり見れば足を掬《すく》われる。だが先を見据えないのは、そもそも論外。

目先にあるのはB組だ。けど、一番の敵は間違いなくA組、橘月姫だろう。

知らない人物を警戒しろというのも酷だし、橘はこれ以上なく上手に、熱原永志《ながし》の脅威を示していた。朝比奈に気付けと望むのも少しばかり――

「――雨森くんもそう思うかしら。私はA組が気になるの」

……少しばかり、そこ発言に興味が湧いた。

真正面から彼女を見ると、朝比奈嬢は語り出す。

「私達《たち》の共通見解として、各クラスには同程度に戦力が割り振られている。ならおかしいわ。私と黒月《くろつき》君、その他大勢に恵まれたC組と、熱原永志単体が釣り合うわけがない」

「とは限らないだろう。武力のみを指した戦力ならまだしも、あの男には知略が備わっている。現に、黒月が動かなければC組はあの男一人に敗北していた」

ついつい、彼女の『説』を砕きたくなって反論する。

ただし、これは僕の意地悪だ。彼女は正しいことを言っていて、正しく正解に行きつこうとしている。これはクイズで正解を告げた解答者に『本当に？』と問うようなものだ。

それに対して、朝比奈嬢は百点満点の反論を用意した。

「でも勝利したわ。ならば、A組の熱原永志は、C組総力に対して明確に劣っている」

大正解。文句のかけらもない模範解答だった。

自分の敗北を棚に上げ、悔しさも後悔も噛《か》み殺し、今後のために俯瞰《ふかん》する。

僕が彼女の立場なら、間違いなくそうする。なら、彼女の行動は正解だ。

敗北は足を引っ張る枷《かせ》ではなく、前に進むための糧にしなきゃな。

ここで自分が負けただどうのこうのと口を開けば、お前に失望するところだったよ。

「で、結論は？」

「A組、B組ともに、熱原君以上の『何者か』が潜んでいる可能性があるわ」

熱原以上……ねぇ。僕はそこまで聞いた上で、内心彼女の考えを肯定した。

が、肯定ばかりってのもつまらない。お前と黒月がそういう考えに達したのなら、僕からは少々違う視点からの意見を出そう。

「考えたこともなかったが……確かにな。概《おおむ》ね正解だと思う。……だが、個々が飛び抜けた強さを持っているC組に対し、A組、B組はそうではないかもしれないぞ」

「……？　それはどういう――」

「生徒全員が、平均的に強いかもしれない、という話だ」

例えばA組には橘が居るため、おおよそ彼女のワンマンチームだと想像出来るが……対するB組はまだ分からない。実はB組に飛び抜けた『個』は存在せず、生徒全員の総合力を以て『他クラスと同格』とみなされている――可能性もある。

ま、正直な話を言えば、僕も朝比奈の説が正しいと思っているけどな。

かといって、考えることを放棄していい理由にはならない。

「……なるほど。考えてみればそういう可能性もあったのね」

「さあな。僕は難しいことは分からない」

数学の問題も解けないような馬鹿だからね！

学力的にも、IQ的にも君たちには遠く及ばないよ。たぶんね。きっと。

だから、詳しいことを突き詰めて考えるのはお前たちの仕事だ。

前回も今回も、僕のスタンスは変わらない。

徹頭徹尾、他人に任せる。ただし、瀬戸際だけは手伝ってやる。

そういうつもりで、倉敷と黒月にも動いてもらっている。

……まあ、霧道《きりどう》の時みたいに直接的な被害が僕の方に向かうなら話は別なんだがな。その時は朝比奈嬢なんて経由せず、僕が直接手を下し、潰す。

ま、滅多にそんなことは無いと信じたいけどさ。

「とにかくだ。――二度と期待を裏切るなよ」

僕がそう言い含めると、彼女はしっかりと頷《うなず》き返した。

それを見て視線を外すと、文芸部たちが集まっている方へと歩き出す。

「あれっ？　雨森ー、こっち来ていいの？　なんか熱く語り合ってなかった？」

「目が腐ったか火芥子《ひがらし》さん。あんなド変態と熱く語る話題がどこにある」

背後から、朝比奈嬢のくしゃみが聞こえた。

僕は無視すると、井篠が苦笑交じりに僕を見ていた。

「あ、雨森君……あまり朝比奈さんにそういうこと言っちゃだめだよ」

「朝比奈……？　知らん名だが、僕は男女でそう言う差別はしない」

「ほう！　男女平等主義者、というやつですか！」

天道《てんどう》さんが、少し興奮気味で寄ってくる。

彼女は眼帯（校則にはぎりぎり違反しなかった模様）を指でなぞり、意味ありげな含み笑いをしている。が、おそらく意味なんて何もないのだろう。

「その在り方、世界は認めずとも私は認めましょう！　つきましては雨森氏、男女平等の名の下《もと》に、我と同じ『暗淵《あんえん》保有者』になるつもりはありませんか？」

「翻訳すると、天道は中二病仲間に誘っているわけだな、どうするんだ雨森」

間鍋《まなべ》君が天道さんのセリフを翻訳。僕は丁寧に謝絶した。

「いや、申し訳ないがそういうのはよく分からなくてな。ま、興味が無いわけではないし、今後暇な時にでも教えてくれると助かる」

「な、なんと！　見ましたか皆さん、雨森氏いい人ですよ！」

「あはは……まあ、朝比奈さんがあれだけ絡みに行ってるってことは、悪い人じゃないとは思ってたけどね」

井篠が苦笑交じりに言うが……ちょっと待て。

いい人悪い人の呼ばれ方にこだわるつもりはないが、そんな風に見られたのか、僕。

ちょっと恥ずかしいんですけど。朝比奈嬢もちょっとは気にして頂戴ね。

そうこう話し合っていると、既にいい時間になっていた。

「やっほー！　みんなそろっているかなーっ？」

聞き覚えの無い、間延びした声とともに体育館の扉が開く。

見れば、C組担任の榊《さかき》先生と、おそらくB組の担任らしき女教師の姿があった。

顔は知らなかったが、人柄と能力は『協力者』から情報を仕入れている。

確か名前は――『点在《てんざい》ほのか』。

明るく元気で、ほんわりしながら、その実態は破滅主義者。

見た目と第一印象に騙《だま》されたが最後、確実に破滅させられるというヤバい人。

正直、担任が榊先生でよかった、と思ったのは初めてのことだった。

「それじゃー、ちょっと早いけど今日の説明していくよぉー」

優し気な垂れ目を細め、笑顔の点在はそう言って生徒を集める。

しかして彼女が説明したのは、今回の合同異能訓練の趣旨だった。

「今回、君たちには、本当の『闘争要請《コンフリクト》』と同じ条件下で戦ってもらいますぅ。要は、異能あり暴力あり、というかなんでもアリの殺し合いですねぇ」

物騒な言葉に、主にC組からどよめきが溢《あふ》れる。

対するB組生徒は目が死んでいる。哀れ、担任教師に恵まれなかった生徒たち。

「点在の説明を補足すると、これは今後の闘争要請《コンフリクト》に慣れるための訓練だ。貴様たちは遠からずその舞台へと上がることになる。しかし、その場が初めてでは掴《つか》める勝利も取りこぼしかねない。故に、今の内に闘争の場へと順応しろ。今日の目的はそれだ」

今度はB組からどよめきが。中からは『教師が普通だ……』と声が聞こえた。

僕は悲しくなってこめかみを押さえた。あの榊先生がB組には普通に見えるのか……。

とことんB組にならなくてよかった。心の底からそう思いました。

「続いて今日の模擬闘争要請《コンフリクト》、そのルールを発表する」

そうして榊先生が告げたのは、簡略化された異能訓練のルール。
一、　異能の使用は自由とする。
二、　当訓練は闘争要請《コンフリクト》として扱い、あらゆる校則を無効とする。
三、　闘争要請《コンフリクト》の勝敗は、生徒の戦闘不能によって決する。
四、　闘争要請《コンフリクト》は五人一組で行う。

五、五対五で勝ち抜き戦を行い、最後に残っていた組の勝利とする。
――と、そんな感じだった。

実にゆるっゆるのルール設定。規定の裏なんていくらでもかけるだろう。

だが、これは本番前の異能訓練。訓練でそこまで本気になるのも馬鹿らしい。

そういう意味での、簡略化されたルール説明だったのだろう。

……と、そこまで考えたところで僕は両腕を掴まれた。

「……ん？」

左右を見れば、C組の文芸部四人が僕を取り囲んでいる。

天道さんと間鍋君が僕の腕を掴み、離さんとばかりに笑っていた。

「……どういうことだろうか」

「えー、だって、雨森《あまもり》って強いじゃん。一緒に組もうよ」

火芥子さんが、当たり前のようにそう言った。

まあ、そりゃあ君たち非戦闘型の異能力者よりは強いけどさ……。

「異能が絡むと役立たずだぞ、僕」

「まー大丈夫なんじゃない？　あの熱原《ねつはら》相手に戦えてたくらいだしさー」

実に無根拠な自信だが、そこまで信じられたら否定も野暮だろう。

特に組む相手もいなかったし、僕は文芸部のメンバーでチームを組むことにした。

その後数分もすれば両クラスの各チームが決定する。C組は霧道がいなくなったため、一つだけ四人チームができてしまうのだが、その四人チームのメンバーが、朝比奈《あさひな》嬢、倉敷《くらしき》、黒月、烏丸《からすま》と。逆に戦力過剰なんじゃないかってくらいのメンツになっていた。

「それじゃ、教師の独断と偏見で相手チームを振り分けていくよー」

点在先生はそう言って、C組、B組それぞれの対戦チームを決めていく。

僕らの相手は……やりにくいが、女子だけで構成されたチームだった。

僕らは彼女らとともに体育館の端の方へと配置される。

「さーて、時間もない事だし、準備できたところからはじめていってねぇー」

点在先生の言葉が聞こえるが、僕らのチームは最初から準備が整っている。

先陣、雨森悠人《ゆうと》。一人で全員倒してきてよ、と言わんばかりの配列だ。

文句の一つでも言ってやりたいところだが……今はそれより相手チームの様子が気になった。というのも、相手の女子グループは準備を始める様子すらなかったからだ。

いつまでも仲良くしゃべっていて、それを見た火芥子さんが拳を鳴らす。

「きゃぴきゃぴしやがってイラつくわぁ。雨森、これさっそく男女平等拳の出番でしょ」

「よしてくれ火芥子さん……」

イラついている様子の彼女から視線を逸《そ》らす。僕は相手チームへと目を向けた。

おそらくは、クラスカースト最上位。男女構成は女子一辺倒に偏っているが、B組の空気感から察するに、僕らの対戦相手がB組の中心的メンバーなのだろう。

となると……一年B組のリーダーは女子か？

あるいは、本当に僕が言ったような『全員で強い』のかもしれないが……。

と、そうこう考えていると、相手グループに見覚えのある少女を発見した。

「ん？　星奈《ほしな》さんか」

「あっ、ほんとだね」

きゃぴきゃぴと話している四人の後方、一人で佇《たたず》む星奈さんの姿があった。

あまりにも前の四人が目立つから、今まで全然気づかなかった。

星奈さんは俯《うつむ》いていて、僕らに気づく様子はない。

僕は彼女に声をかけようと思ったが――すんでのところで止《とど》まった。

根拠はないが……なんだろう。嫌な予感がしたから。

「いやーマジありえねー、っつーか！」

「ほんとそれな！　頭沸いてんじゃねぇのってさ！」

星奈さんを除く、四人の女子が騒いでいる。

まぁ、なんだ。言ってみればギャルだ。髪を染めて、チャラチャラしてる。女版の烏丸みたいな感じだな。僕や星奈さんとは対角に位置する存在でもある。

ただ今回、彼女らの容姿についてはどうでもいいのだ。

問題なのは彼女らの雰囲気、目の色、口元の嘲笑。そしてその対象だ。

「なーんか、嫌な感じ、じゃんね」

いつの間にか、火芥子さんがその光景を見て目を細めている。

星奈さんは、少女たちの輪に加わっていなかった。

ギャル共は四人で仲良く会話を弾ませていて、星奈さんはその四人から距離を取り、一人で居心地悪そうに佇んでいる。その光景が『あからさま』過ぎて、顔をしかめる。

仲よくしろとは言わない。誰だってそりが合う、合わないはあるだろう。

けれど、その光景はなんだか気分が悪かった。虐《いじ》め……とまで断言していいものか。まだ観察が足りていないからなんとも言えないが、そういう類の空気を感じる。

誰かが誰かを下に見て。それを周囲が肯定した時、特有の空気。

腐ったような、へどろのような害悪感。

人間関係に疎い僕でも察せたんだ。

クラスカーストの中で常日頃から空気を読んでいる他の人間なら、尚更《なおさら》の事だろう。

「チッ、これだから三次元は……」

「間鍋氏、今回ばかりは全面的に同意です」

間鍋君や、天道さんも不愉快そうに顔を歪《ゆが》めている。

……今回は、人間の悪い所が表に出たな。

他人を嘲り笑うことで、自身の欲を満たす。自分が他者より上で在ることに快感を覚える。いや、自分より下がいることに安堵《あんど》する、と言うべきか。

B組の他グループへと視線を向けるが、同じような光景は他には無い。

となると、星奈さんだけ……か。こんな状況になってるのは。

「……ふむ」

さて、どうしよう。とても困った。

何が困ったって、これは『僕ら』が介入できるような問題じゃない、ってことだ。

そもそも、他クラスの人間関係に全く関係外のC組が土足で立ち入ること自体間違っている。仮に僕らの介入で星奈さん周りの人間関係が好転したとしても、必ずどこかにしこりが残る。絶対に、恨みや憎しみが残り続ける。

そうなれば、星奈さんは絶対に傷ついてしまう。

彼女の純粋に、一片の陰りが生まれる。

それだけは、絶対に避けねばならない事だ。

かといって放置も論外。人並みの意見だが、いじめは良くない。それは真実だ。

……うーん、考えるほど難しいな。これだから人間関係は嫌いなんだ。

腕っ節とか、悪意とか。そういうもので簡単に片がつくものなら得意分野なんだけど、今回ばかりは僕の専門外。どちらかと言うと倉敷たちの領分だ。

ちらりと倉敷へと視線を向ける。

当然のように彼女と目が合ったが、互いにすぐ逸らした。

彼女には彼女の仕事がある。下手に僕の都合で動かすのは下策だろう。

となれば、やっぱり僕らで何とかするべきなんだろうが……そう考えれば、また最初の結論にたどり着く。――僕らには何も出来ない。消極的で、事実、最も理性的な答えだ。

「僕らは、なにか言えるような立場じゃない」

「で、でも！　雨森くん……！」

星奈さんの元へと行こうとしていた井篠《いしの》を、片手で制す。

彼の肩を火芥子《ひがらし》さんが掴み、僕と同じように首を横に振った。

「井篠、私たち『他クラスの生徒』にどうこうできる問題じゃないよ。首を突っ込んでいって……さらに部長の立場がなくなったら、それこそ最悪ってやつっしょ」

「それに、見捨てるとは一言も言っていない」

明確に虐められている訳じゃないなら、まだ多少の猶予はある。

その間に、何かしら解決策を見出《みいだ》せばいいだけの事。

それこそ、星奈さん本人とも相談して、な。逆に、星奈さんの意思を何も聞くことなく行動する方が、彼女にとって迷惑に当たるかもしれない。

そう言い含めると、井篠は何とか納得してくれた。

「う、うん……分かった。そうだよね、星奈さんは僕たちの――」

大切な友達なんだから。

そう続けようとした井篠の声を。

――女子生徒の声が、掻《か》き消した。

「つーかさー。なにアレ？　なんで私らに押し付けられてんの？」

その声に、僕らの動きが完全に止まった。

星奈さんは大きく身体《からだ》を震わせ、その姿に女子生徒は笑う。

髪を金色に染めた、小柄な少女。

されど、自信に満ち溢れたその姿からは、ライオンのような風格さえ感じる。

俗に言う『クラスカースト最上位』ってヤツだろう。

その姿に、少し目を細める。彼女は先程からやかましかったギャルの一人。

しかも、その中でも中心に位置する人物だろう。

彼女を中心に、ギャル達《たち》がお供のように付き従う。

「――一年B組、四季《しき》いろは。クラスカーストの実質的な最上位。……ウチのクラスで言うところの、佐久間《さくま》以上の発言力を持っていたはずだ」

「なるほど――って、ねぇ間鍋《まなべ》、なんでそんなこと知ってんのさ？」

火芥子さんが間鍋君と距離を取る。本来なら僕もそっちに交じりたいところだが……どうやら、そうも言っては居られないらしい。

四季いろは、か。

学力は平均的。運動神経は非常に高く、男子顔負け。

物怖《ものお》じしない性格で、明るく元気で。

戦闘向きではないが、『実に有用な異能』を持っている、と目をつけていた。

だが、性格までは聞いてなかったなぁ。

これからはもうちょっと他人の内面にまで気を向けようと思います。

「ねぇ、アンタ。ちょっとジュース買ってきてよ」

四季は、星奈さんへとそう言った。

授業中、既にグループ単位での訓練が始まっているにもかかわらず。

C組の僕らを放置し、世間話に花を咲かせて、あまつさえ、星奈さんに『校則を破れ』と暗に突きつけている。その光景に、井篠が憤慨で肩を震わせていた。

「え、えっと……今は授業中で――」

「は？　なに、私の言うことが聞けないってワケ？」

うっわ、すげぇ威圧感。四季を中心として、取り巻きたちが星奈さんを威圧する。

それはさながら、肉食獣の群れのよう。対する星奈さんは哀れな仔羊《こひつじ》だろうか。

しかしその光景に周囲からの動揺はなく、気になって周りのB組生徒を見渡した。

──彼らは笑顔だった。

たとえ体育館の端の一幕とは言え、この光景は大いに目立つ。

当然B組生徒はこの会話を聞いていたし、震える星奈さんを確かに見ていた。

されど、彼ら彼女らの顔に浮かぶのは満面の笑み。

背筋が冷たくなるような不気味さに、C組からも困惑が溢《あふ》れる。

「ちょ……おい、お前ら。あれは何をやってんだ？」

「えっ？　何って──別に関係なくね？　ほっとこうぜ、C組の」

比較的近くにいた佐久間グループの会話が聞こえてくる。

佐久間の相手をしていたB組の生徒は、なんの憂いもないと、笑顔でもって言葉を返した。それにはさしもの佐久間も頬を引き攣《つ》らせている。

……僕は周囲の状況と目の前の光景から、B組の在り方を理解する。

「私らはさぁ、このクラスに居場所のないアンタを、わざわざ優しさでグループに入れてやってんのよ。なーんにも価値のないアンタは、私たちの優しさで救われてるの。なのにアンタは、私たちのお願いは聞いてくれないってワケ？　ちょっとひどくない？」

「……っ、で、でも──」

星奈さんは、ぎゅっと胸元で拳を握った。

『ねぇ、星奈さん！　帰りになんか食べて帰らない？』

『あ、えっと……ごめんなさい。ちょっと、お金に余裕がなくて』

思い出したのは、つい先日の火芥子さんとの会話だった。

あの時は『言い訳』だと考えていた。星奈さんともあろう人が、校則違反を連発するとは思えなかったから。だから、別な用事があるんだろうと考えていた。

けど、もしも本当にお金に余裕がなかったとしたら？

――例えば、今回のようなことが原因で。

「あ？　ほら、さっさと行ってきなさいよ。私はね……うーんと、任せるわ。好きなの買ってきなさい。……まぁ、もしも気に入ったのがなかったら罰金だけどね！」

「私も私も！　なんか炭酸系買ってきてー！」

「私オレンジジュース！　早くしないと罰金だよー！」

喚《わめ》く喚く、騒がしいったらありゃしない。

さすがにもう、ここにいた全員が異変に気が付いた。

戦闘中だった者も、多くが手を止めてこちらを見ている。

黒月《くろつき》も驚いたようにこっちを見ていて、僕とも目が合った。

そりゃそうだ、平和そうに見えたB組で、突如として起こった異変。

驚かないって方がおかしい、僕も少なからず驚いてるしな。

ちらりと見れば、朝比奈《あさひな》嬢は顔を憤怒に染めていた。

熱原永志《ねつはらながし》による暴挙を受けた後だものな。

そりゃ、こういったことに過敏になったって仕方ない。

——そう、仕方がないのだ。

「ちょ、あ、雨森《あまもり》!?」

火芥子さんの声が聞こえた。

気が付けば彼女は僕の制服の裾を握っており、その瞳には焦りがあった。

「ここで動けば間違いなく悪化するって！　感情で動いても損しかないって雨森なら分かるでしょ！　道徳とかその時の怒りで動いても、いいことなんて何もないよ！」

ド正論。本来なら静観するのが正解だ。怒ろうがなんだろうが、知らんぷりをするのが正解だ。見捨てる訳じゃない、と言い訳しながら見て見ぬふりをする。賢い生き様だ。

けどね、火芥子さん。僕は昔っから、賢い生き方なんて知らないんだ。

「僕『たち』には何もできない。が、僕単体でならやりようはある」

この場で星奈《ほしな》さんを救うのは難しい。……そう、難しいだけだ。

いくつか妥協ができるのなら、その難易度は一気に下がる。

僕は火芥子さんの手を払い、歩き出す。

少し歩けば、四季のすぐ後ろにまでたどり着いた。

「え、あっ……えっ？」

「……チッ、あんたって、本っ当にイラつくわね！」

僕の姿に気づいた星奈さんと、気づかぬ四季。

四季は舌打ちを漏らすと、思い切り拳を振りかぶる。

……背後の僕は、四季の拳をキャッチした。

「おい」

声をかける。声色には優しさをのせて、送る眼差《まなざ》しには慈愛を込める。

これから殴るよ。ごめんね、って。

そんじょそこらの女の子に対して、最低限の礼節を向けた。

「あ？　ちょっと、なに勝手に触っ――」

それが彼女の発した、最後の言葉。

僕は振り返った彼女の顔面へ、思いっきり拳を叩《たた》き込んだ。

「「な――!?」」

鮮血が吹き上がる。

振り抜いた拳、思い切り吹き飛んで白目を剥《む》く四季いろは。

彼女はぴくぴくと痙攣《けいれん》しており、僕は拳についた返り血を払う。

「ちょ……いろは!?　あ、アンタ！　いきなり何やって――」

「これは闘争要請《コンフリクト》だ。殴ろうが蹴ろうが、殺そうが自由だろう」

訓練だけど、先生はこの戦いを闘争要請《コンフリクト》と定義した。

校則は無効化している。なら、殴ったところで何の問題もないだろう。

便利だねぇ、闘争要請《コンフリクト》。女子相手にグーパン叩き込んでも正当化されるのだから。

「火芥子さん、人質を取ろう。……そうだな、そこにいる妖精みたいな女の子がいいんじゃないか？　いかにも弱そうだ」

「……ああ、もう！　どうなっても知らないからね雨森！」

「えっ、えっ!?　な、何がどうなって――」

僕の言う通り星奈さんを人質に取る火芥子さん。

この場で星奈蕾《つぼみ》を救うことは難しい。

正確に言えば――B組の悪意を消すのが難しい。

だから、僕はその悪意の矛先を変えることにした。変更先は……そうだなぁ。悪意を向けられたってなんの支障もない存在――雨森悠人《ゆうと》、とかどうだろう。

そうと決まればやることは簡単。

徹底的に、嬲《なぶ》り潰すだけだ。

「あ、アンタ……何考えてんのよ!?　わ、私たちはちょっとからかってただけじゃない！　それを……女の子相手に手を上げて、恥ずかしいとは思わないの!?」

「思わないなぁ。だって僕、面の皮が厚いから」

正論、道徳、人道を説くには、相手がちょっと悪かったね。

女に手を上げる？　それのどこが恥ずかしいってんだい。

男も女も関係はない。

友だろうが赤の他人だろうが。

子供だろうが老害だろうが。

——邪魔なら、潰す。

それ以外はないだろう。

それとも、お前らに活《い》かす価値があるとでも？

僕は、星奈さんを振り返る。

彼女は自分の心配……よりも、僕の心配が大きいんだろうな。

涙を浮かべて首を横に振っている。

「や、やめてください……！　わ、私はこんなこと——」

「悪いな星奈さん。嫌いになるならなればいい。僕は、僕のしたいようにやる。自由に過ごす。そのためにこの学校へ入ったのだから」

僕は、星奈蕾の『在り方』に興味がある。

どこまでも白い少女は、この先何を考えて、何を成すのか。僕はそれを見てみたい。

彼女を——彼女の白さを守るためなら、多少骨を折っても構わない。

……どの道、朝比奈に目をつけられた時点で『目立たない』なんて不可能だったし。

それなら自分の好奇心を満たすため、今日この日だけは目立ってやろう。

女に手を上げるような屑《くず》として、僕は拳を握りしめる。

「さぁ、全員まとめてかかってこい」

とりあえず、殴る。

まずは、それやってから考えよう。

「はっ！　そんなに死にたいなら、私が殺――」

目の前の女の顎目掛けて、掌底を叩き込んだ。

脳が揺れて、一瞬にして意識が落ちる。

力なく頽《くずお》れる少女を受け止めると、残る二人のギャルがたじろいだ。

「ま、マジで言ってんの!?　コイツ、頭沸いてるよ！」

「ちょ、ち、近寄んないでよ変態！　た、助けて！　誰か助けて！」

二人は周囲のクラスメイトへと助けを求める。

その声に応じて僕を睨《にら》みつけたB組生徒の姿もあったが。

「おっと、今は授業中だぞ？　まさか、授業を抜けて他のことに現《うつつ》を抜かそうなどという生徒はおるまいな？」

榊《さかき》先生からの援護射撃、発動！

簡潔に言うと『授業に反したことをすれば退学にするぞ』だ。

ひゃー、恐ろしいっ！　教師って怖いね、逆らいたくないですぅ！

僕が拳をごきりと鳴らすと、二人は瞬く間に棄権を宣言した。だが。

「ちなみに、これは訓練だ。訓練とは学ぶためにある。おい、B組の。当然生徒に棄権を許すつもりは――」

「ないですぅ！　負けるのも立派な経験！　思う存分ぶちまけちゃってくださぁい！」

B組担任からの承認が出た。その言葉に女子二人の目に絶望が灯《とも》った。

二人が僕を見る。僕はさわやかな笑顔で問いかけた。

「蹴られるのと殴られるの、どっちがいい？」

当然、答えとは逆の方法で仕留めておいた。悔いはない。

☆☆☆

「も、もうっ！　なんであんなことをしたんですか……！」

数分後、場所は体育館の一角。正座した僕は怒られていた。

目の前には頬をふくらませ、プンスカと怒っている女神……じゃなかった、星奈さん。

正直者な僕は、彼女に対して本心で答える。

「ついカッとなって殺《や》りました。でも安心してください、ちゃんと手加減はしてます」

「は、反省してないです！　危ないです、怖かったです！　雨森くんが怪我《けが》をしたらと思うと……心臓が飛び出ちゃうかと思いましたっ！　心配しました！」

彼女は涙目で僕を睨んでる。

が、全然怖くない不思議。僕がじーっと彼女の目を見ていると、逆に恥ずかしがって目を逸《そ》らしちゃう星奈さん。その光景を見て火芥子《ひがらし》さんがにやにや笑っていた。

「私は止めたんだよ？……にしても、やっぱり強かったんだねぇ、雨森」

気になってはいたのか、井篠《いしの》も目をきらきらさせてこっちを見ていた。

なので、僕は考えていた言い訳をここぞとばかりに披露する。

「昔、ちょっと鍛えてたことがあってな。……こんな異能だから出来ることは限られるだろうが、純粋な肉弾戦なら任せてくれ。唯一と言っていいほどの自信がある」

「すごい……かっこよかったよ雨森くん！　そ、その、今度、教えてくれないかな……？

僕もああいうの、なんか憧れてて……」

「あぁ、もちろん」

そう返すと、井篠は嬉《うれ》しそうに駆け回った。

その光景に星奈《ほしな》さんは微笑《ほほえ》ましそうにしていたが、やがて、僕を怒っていたことを思い出したんだろう。再び頬をふくらませた。はい、安定の可愛《かわい》さ。

「あ、雨森《あまもり》くん。私は、許してませんからね……！」

「どうすれば許してもらえるんでしょうか」

「そ、それは……」

僕の質問に、彼女は困って眉を寄せていた。

心配したから怒ってる。だから何に繋《つな》がる訳でもない。

今後、似たようなことはしないで欲しい。

きっと、彼女の思いはそれだけだ。だから、質問されて困っている。

でも、ごめん星奈さん。僕は『我慢』はしないと決めているんだ。

「……悪いけど、似たような場面になって、星奈さんが傷つきそうになったなら。僕は何度だって同じことをする。それればっかりは譲れない」

悪口だけなら我慢した。が、四季《しき》は星奈さんを殴ろうとした。

だから殴った。他の選択肢など存在しない。

ようは、どちらが重要か、だ。星奈蕾の白さの保持と、他者の身の安全。

僕は秤《はかり》にかけて、前者を選んだだけのこと。今後もそれは変わらない。

――と、そんな失礼なことを考えているわけだが、傍《はた》から見ればイケメンのセリフだった。星奈さんは顔を真っ赤にしていて、文芸部の面々がニタニタ笑っている。

「あ、雨森、くん……」

「ま、今後は問題ないだろうがな」

視線を移動させると、そこにはこちらを睨む四人組の姿がある。

その先頭には、鼻頭に絆創膏《ばんそうこう》を貼った四季いろはの姿。

ウチの井篠が治療を施したようだが、完治まではいかなかった様子。

他の三人は僕も手を抜いて軽傷で留《とど》めたし、見た目のインパクトほど彼女らに痛みはなかっただろう。四季への顔面パンチは別だがな。

「覚えてなさいよ……そこの、お前！　絶対に……絶対に後悔させてやるわ！」

四季は、そう言うや否や立ち去っていく。お供の三人もまた、彼女の後に続いて去っていく。もちろん、去り際にこちらを睨みつけていくのだが。

「うっへー、雨森ー、まーた変な奴《やつ》に目ェ付けられてんなぁー。熱原《ねつはら》もお前のこと恨んでるだろうし……なんだかんだで、一年でいっちばん恨み買ってんのお前じゃねーのか？」

「そのチャラ声は……烏丸《からすま》か」

安定のチャラさ、烏丸が僕らへ声をかけてきた。

既に、大方の訓練は終了している。

僕らのチームや朝比奈《あさひな》チーム、佐久間《さくま》チームあたりは勝ったみたいだけど、他はほとんど負けた様子だし、きっとこの訓練はC組の敗北で幕を閉じるだろう。

それはいい、ただの訓練だし。

問題は……B組の『本当の』リーダーは誰なのか、って点だ。

「実はな。お前が戦ってる間、今にも駆け出しそうな朝比奈さんを引き止めて、俺らで『B組のリーダー』ってのを探してたわけよ」

「てめーなら、女子供でも勝つって分かってたからな。そうなりゃどんな天才でも表情の一つや二つ、崩れるってもんだろ」

「佐久間……。言っとくが、考えるのは苦手だ。簡単に言ってもらえるか」

そう言うと、佐久間は疑わしそうに僕を見た。

何を疑ってるんだこいつは。

僕が首を傾《かし》げてみせると、彼は疲れたようにため息を漏らした。

「名前だけ言うぜ。一年B組の覇王。そいつの名前は――」

佐久間がその人物の名前を言いかけた――次の瞬間。

僕は背後から迫ってくる気配に気づき、咄嗟《とっさ》に動いていた。

――振り向くと同時に、迫る拳を受け止める。

少なくない衝撃。風圧で髪が舞い上がり、手が痺《しび》れた。

その光景に周囲の面々が驚く中、目の前の『少年』は優し気に声をかけてきた。

「んー？　どったのC組のみんな。もしかして僕の噂《うわさ》？」

その少年を一言で表すと——人間味を感じない男、だろうか。

それが、相対《あいたい》しての第一印象。

ありふれた黒髪に、貼りついた笑顔は満開だ。

誰もが心を許してしまいそうな、優しい笑顔。

それに対して、僕は倉敷《くらしき》の笑顔と同種の匂いを感じた。

つまりは偽物。作り出して貼り付けただけの模造品だ。本物ではない。

僕の無表情も『感情を読ませない』という面では優秀だが、彼の笑顔も秀逸だろう。

常に笑顔だから感情が分からない。僕とは正反対のポーカーフェイスだ。

「あ、貴方《あなた》……いきなり何を!?」

「あ、ちょっと君には興味ないから黙っててね。こいつに用事があって来たんだ」

「きょ、興味な……ッ!?」

朝比奈嬢がひどいこと言われている。

なんて奴だ！　女の子にそんなこと言っちゃダメなんだぞ！

心の中でそう叫んでいると、彼はスッと目を細めた。

輝かしいほどの笑顔の中で、その目は全く笑っていない。

「お前は、僕より強いのかな？」

「弱いと思うが」

即答した。その答えに周囲の数名が苦笑いしている。

物理でできることは限られる。異能と真正面から戦っても勝ち目は薄いだろう。

そういう意味での『弱い』という告白を、その少年は正直に受け取らなかったらしい。

「雨森悠人《ゆうと》。たしかそういった名前だったよね。お前」

「それはそうだが……なぁ、そろそろ拳を収めてくれないか」

僕の発言に、近くにいた面々が大きく目を見開いた。

彼らの視線は僕らの手元に向かう。

彼の拳を僕が受け止めた形だが――依然として力は込められたまま。

防御ごと押し潰さんとする拳を、僕は会話しながらずっと受け止め続けていた。

そろそろ手が痛くなってきたんだが、やめてくれないかしら？

そんな希望をもって言うが、彼の笑顔は崩れない。

拳に込められた力が、一層に増した。

「……暴力行為は校則違反になるぞ」

「馬鹿なこと言わないでよぉ。『闘争中に他グループの人間と喧嘩《けんか》しちゃいけない』なんてルールはなかったでしょ？　模擬試合……つまり闘争要請《コンフリクト》は形式上続いている。なら、他人を殴ろうが校則には抵触しないわけだ」

正論だったため、僕は黙った。

まさかあの緩々なルールの裏をついてくるとは。

そんな物好きいないと思って考えてもいなかったよ。厄介だなぁ。

この場を仲裁してくれそうな教師二人の方を見るが、二人とも沈黙している。

役に立たないなぁ、あの二人。榊《さかき》先生も他のC組生徒が喧嘩を売られているなら動いただろうが、今回は僕だ。彼女の眼《め》は雄弁に『お前なら問題あるまい』と語っていた。

「ねぇ、雨森悠人！　僕と殺しあおうよ！」

「嫌だが」

爽やかな提案に、僕は断固として拒絶を示した。

僕の返答に彼の笑顔は揺るがなかったが――気配は変わった。

「なら、手段を変えようか」

直後、拳に込められていた力が消えた。

彼は反転するように動き出し、拳を振りかぶる。

その先は……星奈蕾《つぼみ》だった。

「――馬鹿が」

僕が動くのと同時に、朝比奈嬢も動き出していた。

朝比奈嬢が、雷速で先回りし、星奈さんの前に立ちふさがる。

その光景に一切揺らがなかった少年は。

「――ッ!?」

何か『嫌なもの』を感じ取ったのか、跳ねるように僕を振り返る。

刹那、驚いた様子の彼と視線が交錯したが、僕は気にせず蹴り飛ばす。

咄嗟に防御したようだが……それなりに痛かっただろ。相応に手加減は抜いておいた。

「ぐ……っ」

「し、新崎《しんざき》くん……!?」

星奈さんから悲鳴が聞こえる。どうやらこの男、新崎というらしい。

彼は数メートル離れた場所で立ち上がると、僕を見つめた。

その姿を一瞥《いちべつ》し、朝比奈嬢へと声をかける。

「助かった朝比奈。星奈さんを少し頼みたい」

「あら、私の名前を憶《おぼ》えてくれたようね雨森くん！　ええ、任せ――ちょっと待ってちょうだい。頼みたいってどういうことかしら」

彼女の言葉を無視すると、僕は新崎の前へと歩き出た。

できれば話し合いとかでうまい事躱《かわ》したかったが、無理だと判断した。

であれば、相応にボコられて僕から興味を外した方が得策だ。

外した先の興味の矛先は……そうだな。朝比奈嬢に押し付けるか。

というわけで、僕は新崎にボコられてやることにした。

やったね新崎、無料で僕をボコれるなんて霧道《きりどう》に続いて二人目だぜ。

そういう思いで彼に向き合うが、新崎は防御に使った腕をさすっている。

「ひー、怖い怖い。強烈な殺意は死を窺《うかが》わせるっていうけどさ、生まれて初めて死ぬかと思ったよ。どうやったら素手でこんなバカ威力を出せるわけ？」

「……身体強化か。へし折ったつもりだったが」

呟《つぶや》いた言葉に、新崎がぴくりと反応する。……聞こえるような声量でもなかったから、異能は身体強化で確定だろう。それも、視力や聴力まで一通りの強化と見た。

だが、それだけではないと仮定して動こう。考えるべきはいつだって最悪の可能性だ。

「先ほど言っていた勝負。……受けてもいいが、その場合の僕のメリットがない」

「……はぁ？　なに、この場に及んで交渉？」

当然。無料で殴らせてやるから、その代価を寄越《よこ》せ。

まあ、代価を要求した時点で『無料』ではないが、本来なら負けるところを、勝ちを譲ってもらえるんだ。そう考えたら代価があっても無料みたいなもんだろう。

彼の言葉に、僕は無言で彼を見続けた。

さて、今後の反応次第でこの男への評価がある程度決まるのだが……。

僕の思惑をよそに、少し考えた様子の新崎はこう告げた。

「なるほどね。お前が勝てば【星奈《ほしな》をB組からC組へ移動させる】ってのはどーお？」

その言葉に、僕は思わず苦笑する。

同時に僕は、この男の警戒度を数段階引き上げた。なんせ、今の攻防で僕の実力を最低限把握し、その上で『絶対に逃げられないであろう』条件まで提示しやがったんだ。

であれば、この男は咄嗟にそれだけのことを考えられる頭を持ち、あの一撃を受けてもなお、「まあ勝てるだろ」と判断できるだけの力を持っているわけだ。

……あーあ、代価を断ってくれた方が嬉《うれ》しかったんだがな。

けど、まあいいや。強いなら強いで利用しがいがある。

「な……っ!? そ、そんなのアリなのかよ!?」

一通り思考が終わるとほぼ同時に、近くにいた烏丸から驚きの声が上がった。

時間にしてみれば、新崎の発言から一秒も経《た》っていないだろう。

視線を移動させると、近くまで榊先生が近寄ってきている。

「別に問題はないだろう。闘争要請《コンフリクト》は校則を超えて適用される絶対法則だ。B組が良いというのであれば問題はあるまい。……C組も、ちょうど生徒数が奇数だったしな」

いやー、すいませんね。奇数にしてしまって。

でもよかったでしょ。霧道のかわりに星奈さんがやってくるんだから。

結果よければ全てよし。ありがとう霧道、君のおかげでクラスが華やかになりそうだ。

「その条件なら勝負を受けよう。だが……その内容によるな。あまりにも勝利条件が難しいのであれば――」

「――授業終了まで生きていればお前の勝ち。これでどうかな？」

重ねて告げられた彼の言葉に、少し驚いた。

時計を見る。……時計の針は五十分を指し示していた。

これから戦い始めるにしても、十分も残っちゃいない。

それだけあれば人を殺すことだって難しくはないが……それは相手が動かなかった場合の話だろう。動き回り、必死に殺されまいと抵抗する相手に、たった十分間で息の根を止めなければならない。それ、かなり実力差がないと難しいと思うよ。

……新崎は、そんなことも分からないような愚鈍なのか。

あるいは、僕を十分間で殺せるだけの自信が、異能があるというのか。

「他に、言うことは？」

「まだなにか望むっていうの？　そうだね、今後、星奈には一切の手は出さないと誓おうか。そういうことを言って欲しかったんでしょー？」

大正解。僕が一歩踏み出すと。それを見た朝比奈《あさひな》嬢が声を荒らげた。

「あ、雨森《あまもり》くん！　あまりにも危険すぎるわ！　彼はおそらく……いえ、間違いなく熱原《ねつはら》君より強い！　それに、星奈さんを助けるというのであれば、私も――」

「邪魔だよそこの人。僕は何かにかこつけて雨森をぶん殴りたいんだ。理由なんてどうだっていい、闘争要請《コンフリクト》を申し込むのに、僕から君たちに望む勝利報酬は【無し】でいい。ただ、人を殺しても許される状況が欲しいんだ……！」

新崎は、笑顔を崩しはしなかった。

快楽に揺れた声色で、喜色に歪《ゆが》んだ瞳を浮かべ。

表情を一切変えることなく言い切った。

まるで異常児。これだから狂人の類は嫌になる。

「……ッ、あ、貴方は……雨森くんの能力を知っていて――」

「知らないよー？　でも、A組との闘争要請《コンフリクト》でも使ってなかったし、たぶん戦闘向きじゃないんでしょ？　だけどさ……その分、純粋な肉弾戦なら得意らしいじゃん」

そう言って、新崎は自分の腕をちらりと見た。

打ち込んだ時の感覚から言って、骨に少なくない損傷が入っているはずだ。

骨折、とまではいかないだろうが、確実にヒビは入ってる。

……普通、そんな怪我《けが》を押してまで闘争要請《コンフリクト》を申し込んでくるかよ。

「雨の森と書いて……雨森か。その名前は聞いたことがないけれど、もしかして、どこぞの道では有名な学生だったのかもしれないね。それほどまでの身体能力……だけれど、あくまでも所詮は『人知の及ぶ範囲内』さ。超常たる異能には勝てない」

知名度……か。まぁ、一部じゃ有名だったのは認めるが、名前も少し変えてるし……なにより、有名だったのは僕の兄と妹だしなぁ。僕の正体までは届かないだろう。

そう考えていると、新崎は僕の方へと歩き出した。

「で、そろそろ時間稼ぎは満足かなぁ」

……ばれたか。一分くらいは上手《うま》いこと稼いだと思うけど。

僕は内心でため息一つ、拳を握って歩き出す。

「そっちこそ、ずいぶんと腕が痛そうだが。無理せず帰ってもいいぞ？」

「はっはーん。分かった、お前性格悪いでしょ！」

新崎は満面の笑みでそう言った。

やがて僕らは、一メートルの距離にまで接近、その場で足を止めた。

「ちょ、あ、雨森……正気かよ!?」

ふと響いた烏丸《からすま》の声に振り返る。彼は必死な表情で僕を見ていた。

「お、お前が強いのは、ここにいる全員が認めてるさ！　現に、能力無しの殴り合いでお前に勝てるやつなんて、多分このクラスには居ないと思う！　けど、これは能力戦、【異能戦】なんだよ！　お前の力じゃ……とても――」

「ありがとう烏丸、心配してくれて」

チャラくとも、烏丸は良い奴《やつ》だ。感謝を送ると共に、僕は『大丈夫』と言葉を返す。

「たったの、十分。その間持ちこたえられれば……星奈さんを助け出せる。そう考えると、命の危険なんて安いものだ」

「あ、雨森くん……」

震えていた星奈さんが、何とか言葉を絞り出す。

このまま言わせておけば、戦わなくていい、逃げて欲しい、新崎とは戦うな……やら、なんやらと言ってくるんだろう。

伊達《だて》に文芸部の副部長はやってないんでな。星奈さんの言いそうなことなんて分かってしまう。けれど同時に理解もしてる。星奈さんは引っ込み思案で、自分より誰かの方が大切で、天然で、純真で、いじめられても心が少しも陰らなかった。

要は、底なしに『いい人』なのだ。

だからこそ、彼女は一人で助かれない。

誰かが無理やりにでも助けてやらない限りは、彼女はずっと不幸の中だ。

「星奈さん、なにか言おうとしてるなら、無駄だと先に言っておく。いい加減、体育の時にペアが居ないのは飽き飽きなんでな。僕は、その為《ため》だけに【闘争要請《コンフリクト》を受諾する】」

僕の言葉に、新崎は心の底から嬉しそうにしていた。

報酬は、星奈さんのC組移動。

敗北によるデメリットはなく……ただ、戦闘中は命の危険がつきまとうだけ。

「さーて、雨森？　遺言は残さなくて大丈夫？」

「あぁ、問題ない」

近くには審判役として教師が二人も控えている。なら、勝負はしっかりと公式のものとして記録されるだろう。あとから約束を反故《ほご》にすることは絶対にできない。

僕は大きく息を吐くと、ヘラヘラと笑う新崎を見据える。

さて、気合でも入れるかなー……と考えていると背後から一つ気配が寄ってきた。

「雨森くん。……危険よ。やめた方がいいわ」

と、言ってきたのは朝比奈嬢。あまりにも当然で、当たり前のように分かり切ったことだった。めんどくさいなぁとため息を漏らし、僕は彼女を振り返る。

──だが、そこに立っていた彼女は呆《あき》れたように笑っていた。

「けれど、言っても無駄なのでしょうね。だから、貴方《あなた》を止めるのは諦めるわ」

その言葉に少し驚く。……どした？　なにか変なものでも食べたか、朝比奈嬢。

ちょっと前のお前なら、融通も利かせず頑固に僕のことを止めていただろうに。

……そうか。ちょっと前のお前とは、違うんだな。今のお前は。

「──雨森くんを信じる。今回、私の策はズバリそれよ！」

「馬鹿だなぁ、と僕は笑った。

「馬鹿だなぁ、お前」

素直に思ったことを言うと、彼女は自信満々に胸を張る。

「私の行動の根底は、雨森くんへの信頼よ。貴方が大丈夫と言うのなら、信じて預ける！

その上で、何があろうとも私が守る！　キツかったらいつでも頼りなさい！」

以前なら『下らん』と蹴り飛ばした彼女のセリフ。

されど、成長した今の朝比奈霞《かすみ》から出た言葉なら、僕はそれを『覚悟』と受け取る。

僕は彼女から視線を外すと、新崎《しんざき》へと向き直る。

威圧感なんてない。闘争要請《コンフリクト》が起きる実感なんて湧かない。

それでも、始まるのだろうと……本能の奥で理解していた。

「悪い、少し待たせたみたいだな」

「大丈夫！　時間ならまだたくさんあるんだから！」

まるで待ち合わせ場所の男女の会話。緊張感なんて欠片《かけら》もない。

現に、クラスメイトたちも困惑を浮かべて、止めるべきか止めないべきかと悩んでいる
ようだ。そんな光景を見渡して、新崎は最高の笑顔でこう言った。

「上手く出来るといいなぁ、人殺し！」

――闘争開始の合図なんて、なかった。

当然だ。闘争は、ここに立った時点で始まっていたのだから。
瞬間、目の前から新崎康仁《やすひと》の姿が消え失《う》せる。
脱力状態から一気に加速。その緩急は実態以上の速度を脳に錯覚させる。
第三者として見ていた生徒たちの中に、彼の動きを追えたものは何人いるだろう。
僕が視線を少し下げると、彼はまっすぐに僕の方へと突っ込んできていた。
駆ける新崎と、目が合う。
彼は嗤《わら》って加速すると、僕の腹へと思い切り拳を振り抜いた。
――その、瞬間。
腹で弾《はじ》けたのは、想像を超えるような衝撃だった。
「ぐ……ッ!?」
おそらく、先ほど僕が放った蹴りと同等か……それ以上の威力。
真っ赤な鮮血が口から溢《あふ》れる。勢い余った衝撃により十メートルほど吹き飛ばされた。
普通なら内臓破裂で即死だろう。『殺す』というのも本気なのかもしれない。
周囲を見渡せば、驚いたように僕を、そして新崎を見ている面々。
その中には四季《しき》いろはの姿もあり、彼女は驚きとともに僕をじっと見つめていた。
僕は視線を外すと、口元の血を袖で拭う。
「……これは、気合を入れないとな」

殺されるつもりは毛頭ないが――少なくとも、相手は本気らしい。

新崎の満面の笑みが、今この時だけは悪魔の嘲笑に見えてくる。

「あと、だいたい八分弱かなぁ……。ま、十分間に合うでしょ」

霧道《きりどう》程度が相手なら、いくら殴られたって平気だった。

……だけど、これはさすがに無抵抗だと厳しそうだな。そう結論付けて拳を構える。

無料で殴らせると言ったが、あれは嘘《うそ》にします！

殴らせ放題させておくには、ちょっと攻撃が痛かったです。

「あ、やる気出てきたー？　まあ、ゆっくりして逝きなよ！」

新崎は再び加速する。

今度は素直に殴られようとは思わない。頭部へと放たれた拳を、掌《てのひら》で受け流す。

勢いそのまま、背負い投げで吹っ飛ばすが、空中で身を捻《ひね》った蹴りが飛んでくる。

ずいぶんと身軽な動きをするじゃない。サーカス団とか向いてるんじゃないか？

そう思いながらも両腕で防御する。しかし、僕の身体《からだ》はそれでも数メートル後退した。

「はっ、柔道経験者かなぁ。だったら打撃戦は不得手かい？」

当然、柔道も打撃技の格闘技も未経験である。

再び距離を詰めてきた新崎は、先ほどまでの大振りから一転、ボクシングのジャブのように軽い拳をいくつも連続して放ってくる。

しかし、強化された肉体から放たれる拳は尋常ではない速度な上に、一撃一撃がそれなりに重い。努力家のボクサーが見たら発狂してグローブを投げ捨てるレベルだ。

僕は防御越しに攻撃を受けながら、その程度を把握する。

この威力なら、おそらく彼の拳は容易に車を粉砕し、アスファルトすら砕くだろう。

全力の拳であれば、建物一つを粉砕し得るかもしれない。

……あまり僕が言えたことでもないが、反則じゃないの、この身体能力。

速度こそ朝比奈《あさひな》に分があるだろうが、威力は少々笑えない。

「ほぅら！」

実に楽しげな声と共に、ガードをすり抜けて拳が入る。

腹に衝撃が突き抜けて、さらなる鮮血が吹き上がった。

「あ、雨森……く、ん……っ！」

掠《かす》れたような、星奈《ほしな》さんの声が聞こえた。彼女の方へと視線を向けようとするが……新崎が倒れる僕の前髪を掴《つか》み、無理やりに自分の方へと視線を向けた。

彼は笑っていた。

楽しそうに、嬉《うれ》しそうに。

満面に狂気を浮かべていた。

「口ほどにもねぇな！」

実に、爽やかな一声だった。僕はちょっと傷ついた。

「いやー！　あれだけ啖呵《たんか》切ってたんだから、よっぽど強いのかと思ってたけど……くそざこにも程があるでしょ！　何その弱さ！　期待はずれすぎるでしょ！」

こいつ……いい笑顔ですごい悪意を吐いてくるな。

体育館の時計を見上げれば……まだ二分も経過していない。

残り六分弱。僕の悪口言っててもいいから、そのまま時間浪費してくれないかな。

そう考えた僕だったが、新崎は僕の身体を思い切り投げ飛ばす。

空中で体勢を整えて上手く着地したが、かなりの距離飛ばされたようだ。

「な、なんつー腕力だよ……」

「あ、雨森《あまもり》！　無茶しないで棄権しなよ！　星奈部長悲しむって！」

烏丸やら、火芥子《ひがらし》さんやらの声が聞こえてくる中、僕は前を向く。

棄権はしない。ただ、今は反応している余裕もなさそうだ。

迫る新崎の拳を、再び流す。奴は少々不満そうな顔をしていたが、続く軽い拳がクリーンヒットするのを見て首を傾《かし》げている。

「不思議だねぇ。こういう攻撃は当たるのに、致命的な一撃だけは絶対に当たらない」

彼は僕の頸《くび》へと両手を回すと、僕の顔面へと膝蹴りを叩《たた》きこむ。

あまりの衝撃に、空気が揺れる。それほど本気の一撃だった。

嫌な光景に周囲から悲鳴が漏れる中、新崎は小声で話しかけてくる。

「手ぇ抜いてたでしょ。イラっと来ちゃって潰しちゃった☆」

まるで、語尾に星がついているようなしゃべり方だった。

間違っても戦ってる最中に、相手に向けるような口調じゃないよな。

そう考えながら——僕は、彼の膝蹴りを受け止めた手に力を込める。

「……ん？　悪い、興味なくて聞いてなかった」

僕が口を開いたその瞬間、新崎が驚いたのが分かった。

潰したと思った？　残念、ちょっと痛そうだったので受け止めてみました。

僕は、右手に思い切り力を込める。

全力全開、全霊をもって力を込めた右手は、いとも簡単に新崎の膝を粉砕する。

骨が折れるには凶悪すぎる破壊音。

きっと、折れたのではなく砕けたのだろう。初めて、新崎の顔に痛みが浮かんだ。

「ぎ……っ！　こ、この……どこにそんなに力が残ってるのかなぁ!?　瀕死《ひんし》のくたばり損ないにしか見えないんだけど！」

「目が腐ってるんだな。眼科を紹介しよう」

新崎は砕けた膝を庇《かば》い、初めて僕から距離を置こうと動き出す。

ので、意地悪したくなって今度は僕から距離を詰めた。

焦って防御を固める新崎。防御への対応は……さっきお前がやっていたよな。

僕は新崎の動きをトレースするように、腹へと拳を叩きこんでやった。

「が……っ!?」

今度はしっかり手加減したよ。僕みたいに血を吐くほどの威力はない。

が、その分体内に衝撃を浸透させた。内臓がぐわんぐわんと揺れ、最っ高に気持ち悪いだろう。彼は口から吐しゃ物を撒《ま》き、その横っ面を僕は軽く蹴り飛ばした。

彼の身体は僕と同様に十メートルほど吹き飛んで行き、僕は小さく息を吐いた。

「ふう」

残り時間は……おお、五分切ってる。もう少しで折り返し地点だ。

新崎へと視線を向けると、彼は膝を押さえて僕を見上げている。

「無理するなよ。膝が痛いだろ」

「お前が砕いたんだよねぇ……ああ、本ッ当に腹が立ってきたよー」

彼の額には青筋が浮かんでいる。笑顔に青筋って迫力がすごいなって思いました。

だけど迫力は迫力。実際に彼が襲い掛かってきたわけではない。

新崎は膝を押さえ、脂汗を滲《にじ》ませている。

その姿を見て……正直に言おう、落胆した。

なんだぁ、この程度か、と。僕はちょっぴりガッカリしていた。

他に類を見ないほどの肉弾戦の強さ。確かに脅威的だと思うけど、それ以上でもそれ以下でもない。この男がただの筋肉お化けなら、今のC組が総力を挙げれば勝てるはずだ。

というより、戦った感じまだ熱原《ねつはら》の方が脅威だったかもしれない。

――と、そう考えてしまった自分に気付き、じわりと予感が滲み出す。

『本当に？』と。

心の奥で、誰かが叫んでいるような気がした。

本当にこの程度が、一年B組において最強とされる生徒の実力か？

たとえ成長途中だとしても、この程度で敗れる男がC組と同程度の戦力と見なされているのか？　答えはノーだ。学園だってそこまで馬鹿じゃないだろう。

おそらく――いや、間違いなく学園は各クラスへと平等に力を割り振っている。

であれば、彼の実力はこの程度であるわけがない。

朝比奈も黒月《くろつき》も倉敷《くらしき》も、全部ひっくるめたC組と強さで互角と見なされるわけがない。

周囲へと視線を巡らせる。……確認するのはC組とB組との反応の違いだ。

「あ、あいつ……本当になんで霧道に殴られてたんだよ……」

「マジで、殴り合いで雨森に勝てる奴《やつ》なんているのかよ……」

というのがC組の反応。ここら辺はあとでしっかり無様な姿をさらすことでうまい事注目を中和しようと思う。……問題はB組の反応だ。

彼らは新崎《しんざき》の心配をしていなかった。それこそが答えだった。

ずさりと、立ち上がる音がする。

見れば彼の膝からは蒸気が吹き上がり、砕けたはずの脚が元に戻り始めている。

加えて、僕が蹴ったときにできた頬の痣《あざ》も、いつの間にか消えていた。

……これは、自己回復能力か。

ちらりと倉敷へと視線を向ける。あいつも身体能力の強化を持ち、加えて高い自己治癒能力を持っていた。霧道を消した際に自分で殴った傷も、その日の晩には治っていたからな。……こうしてみると、何から何まで倉敷の能力と瓜二《うりふた》つだ。

……だけど、それだけじゃないんだろう。新崎も、倉敷も。

あくまで身体能力と回復能力は基礎の基礎。

彼らの異能の差異は……本質は、この先にあるわけだ。

「……ふむ」

少しだけ、その異能が気になった。

新崎が異能を使うのならば、どの程度か、その『先』をこの身で体感してみたい。

そういう思いがほんの少しだけあったが、思考は一瞬ですぐに僕は動き出す。

興味はある。が、わざわざリスクを冒すまでもない。

異能を使おうというのであれば、出鼻を挫《くじ》く。

発動しようと思ってから使い始めるまでのわずかな間《ま》を狙い撃つ。
僕は一気に新崎へと距離を詰めると、拳を振りかぶる。
——その、時だった。
至近距離から、新崎と目が合った。
その目はどこまでも深く濁り切っていて。
まるで、鏡を見ているような感覚だった。
「馬鹿だねぇ、お前」
ぞくりと、背筋が粟立《あわだ》つ。
嫌な予感に拳を収め、僕は両腕で防御を固める。
その防御を、新崎の拳はいとも簡単にぶち抜いた。
「が、は……ッ!?」
先ほどまでの攻撃だって、信じられないほどの威力だった。
けど、この一撃はまるで違う。文字通り、桁が一つ違うような衝撃だった。
両腕の骨が軋《きし》む。殺しきれなかった衝撃が体中を巡り、嫌な音と共に血肉が躍った。
僕は何とか倒れるのをこらえるも、それでもダメージは甚大。
防御を外して新崎を見据えると、彼はゆらりと歩き出す。
「——さーてと。お前相手なら、何%まで出せそうかなぁ」

言葉から察するに、さっきまでは手加減した上であの威力、だったってわけだ。

そして今も、おそらく新崎は本気ではあるまい。あの余裕から察するに……、せいぜい三割といったところか？　しかも、まだ彼は異能の『先』を見せていないと来た。

つまり、これだけの身体能力も『能力のおまけ』でしかないってこと。

「……化け物か、お前」

「その言葉さー、そのまま返すよ？」

言うが早いか、彼は一気に走り出す。

咄嗟《とっさ》に身構えるが、彼の動きにほんの些細《ささい》な違和感を覚える。

──殴るつもりじゃない。そう確信したのとほぼ同時に、彼は右手で地面に触れる。

次の瞬間、無数の【剣】が床下より生成。僕へと襲い掛かった。

「剣製……厄介だな」

剣の生成。これが新崎の能力か。

迫りくる刃は目測で七つ。それらを後方へ下がって回避する。

その頃には背後へと新崎が回り込んでいて、彼からは膝蹴りが飛んでくる。

しかし、いつだって危機と勝機は表裏一体。

僕の視界を阻害するように、意味もなく召喚した七つもの剣。それが陽動だと読むのは容易《たやす》い。そして陽動とくれば次は死角からの一撃を狙ってくるはず。

……『背後からの攻撃』、だなんて。そりゃ真っ先に対策を考えるさ。

新崎、セオリー通りの綺麗《きれい》な戦略だ。教科書にでも乗せてやりたいくらいだよ。

タイミングは絶対に外さない、来ると察していた攻撃であれば確実にカウンターを合わせられる。僕は左拳を握り込むと、振り向きざま彼の顔面へと振り抜いた。

鈍い衝撃が返り、赤い血が吹き上がる。

――されど傷を負ったのは、新崎ではなく僕の拳だった。

「……なに」

僕の拳は、新崎が目の前に生成した【盾】で防がれている。

かなりの強度があるのか、僕の拳を受けても粉砕まではできていない。

むしろ、こちらの拳が痛くなるほどだ。ちょっとだけ血が出てるし……。

「剣に……盾？」

矛盾とか、そういった類の能力か？

そうは思ったが、その説もなんとなく違うような気がした。僕は警戒して彼から距離を取ろうとしたが――後退《あとずさ》ったその瞬間、身体《からだ》へと電撃が走り抜けた。

「……？」

電撃を感じて真っ先に考えたのは朝比奈《あさひな》霞《かすみ》――だが、にしては威力がお粗末だ。

足元を見れば、見たこともない魔法陣が敷かれている。

誰の仕業かと考えれば……僕の近くにいる新崎以外にはありえない。

「罠《わな》の異能だと……？」

剣と盾と、罠。前者の二つならまだ【矛盾】という異能で説明がつくが、罠だと？

罠を作り、仕掛ける異能だとしたら……どういう部分で剣や盾と関連してくるんだ。

もしも仮に、それらに関連性が全くないのだとしたら――

「……まさか」

「あれ、もう気付いたのかよ。もしかして似たような能力者でも知ってたりするわけ？」

物凄《ものすご》い笑顔で、新崎は拳を叩《たた》きつけてくる。

咄嗟に両手で受け流すが、そのたびに骨が軋む。何とか拳で殴り返すが、傷ついた端から再生が始まる。仕切り直しをする頃には与えた傷もなくなっていた。

身体強化、自動回復、剣の生成、盾の生成、罠の使役。

今のところ、既に五つの能力がある。五つの能力の同時使用……考えるだけで頭が痛くなってくるね。なんつーチート野郎だよ。

「ぐっ」

「まだまだぁ！」

不死身の耐久力を前面に出し、連打連打。無数の拳が放たれる。

それに対して同じく連打で相対《あいたい》するが、速度も威力も、新崎の方がさらに上だ。

徐々に、されど確かに……僕の方が押されてゆく。
拳が、次第に僕の身体を抉《えぐ》る。
この威力、この手数《てかず》。さすがに全ては捌《さば》ききれない。
「ほらほらァ！」
彼の拳が顔面に刺さる。
と同時に後方へと飛んだためダメージはゼロだが、周囲からは悲鳴が上がる。
「あ、雨森《あまもり》くん!?」
朝比奈の声が聞こえる。
体勢を整えて着地すると、新崎は不思議そうに首を傾《かし》げていた。
「……？　あれっ、変な感じー。気持ちよく入ったと思ったのになぁ」
気持ちよく入っていたら、たぶんすごく痛かっただろうなぁ。
そんなことを想《おも》いながら、僕はぐるぐると肩を回す。
思っていた以上の身体能力。複数の異能使用と……新崎は少々得体が知れない。
この場で、これ以上殴り合うのは危険だと僕は判断した。
――イメージは、蛇口をひねるような感覚。
ほんの少しだけ……制限していた力を、解放する。
全身が僅かに熱を発する。

新崎はなにか察して眉をぴくりと動かすが、それだけだった。

「なに、今更本気になったわけぇ？」

「……最初から、僕はずっと『真面目』だよ」

ただ、ご名答。本気じゃなかったってだけ。

少しだけやる気を出した僕は、ふわりと始動する。

あまりにも緩やかな、第一歩。

――第二歩目からは、僕の姿は消えて見えただろう。

「……ッ!?」

新崎から焦りが伝わる。

先ほどとは別種の速度。今の新崎より少し速い程度にしてみた。

彼は周囲へと視線を巡らせたが――その時には、彼の背後に回り込んでいた。

先ほど彼がやったのと同じ『綺麗なセオリー』。ただし僕の場合は陽動は不要だがな。

壁掛け時計へと目を向ける。残り時間は――おおよそ三分。

七分近くも殴らせてやったんだ。なら、そろそろ満足してくれただろ？

あちこち身体も痛くなってきたから、そろそろ終わらせることにした。

「じゃあな、新崎」

僕の声を聞き、驚き、振り向こうとする新崎。

その瞬間、僕は両腕を使って奴《やつ》の首を絞め上げた。

いわゆる裸絞め、チョークスリーパーってやつだ。

「ぐぅ……っ!?　な、にを……ッ」

「黙って落ちろ」

言って、僕は両腕へと力を込める。

僕は自分で強いという自負はあるけど、その中でも体力にはあまり自信がない。

だからと言って新崎に負けるとは思わないけど、持久戦に持ち込まれると、砂粒の欠片《かけら》程度には負ける可能性だって出てくるはずだ。おそらくね。

でもって、ここまで余裕見せておいて、ガチで負けるとか恥ずかしいじゃない？

だから、その可能性を潰しておこうと思うんだ。

「脳への酸素供給を断ち切る。悪いが……十分経《た》つ前に眠ってもらう」

いくら強くとも。いくら異能が高位でも……それでも彼は人間だ。脳への酸素供給さえ閉ざしてしまえば、その時点で彼の行動は停止する。一瞬で意識を刈り取れる。

戦闘開始から七分弱。純粋な戦闘による『引き伸ばし』はこれが限界。

これ以上本気でやると、僕にも『殺し』の選択肢が入ってくる。

こいつは最初から殺す気だったみたいだけど、学校でそんな物騒なことよしなさいよ。

せいぜい、気に入らないやつを退学させるとか、それくらいで止《や》めときなさい。

「……っ、……！」

新崎《しんざき》は、僕の両腕へと手をかける。

僕がさらに力を込めてやると、新崎から伝わってくる焦りが増した。

彼は両手で僕の腕を掴《つか》み、必死に暴れていたけれど……暴れるほどに首は締まり、酸素は徐々に薄くなる。……やがて、彼の抵抗も小さくなっていった。

もしや降参か？　そんなことを願ったけれど。

ぶわりと、彼の筋肉が膨張したのを感じて唇を噛《か》む。


「——神帝の加護、五十％」


声が響き、そして優勢が劣勢へと転がり始める。

先ほどまで完全に締めが決まっていた。それが……首を絞めていた僕の腕が、無理やり力技で外されそうになっている。見れば新崎は僕の腕を掴み動かしていた。

何の技術も介入しない、ただの力技。これで締めが外されるのかと笑みが乾く。

「……なんて、馬鹿力だよ」

「それはこっちのセリフだよー。だって、この能力を五十％まで引き上げて……ようやく素の身体能力に勝つことが出来たんだ。雨森ー、お前、ホントに人間？」

実は悪魔です、って言ったら納得して諦めてくれるかな？　いや人間だけど。

というより、その言葉、そっくりそのまま返してやりたいよ。

今の絞め技、一般人なら首の骨がへし折れるって程度には力を込めた。

これだけ力を出せば、力技で封殺できる。そう感じていたっていうのに……。

思わないじゃん。まさか、その想定を更なる力技で押し退けてくるなんて、さ。

「おっ、不意発見！」

「……ッ」

僅かな隙を狙われ、肘打ちが脇腹に入る。

人体を砕く嫌な快音。

その瞬間、僕はあばら骨が砕けたのを察した。

だけで済んでいればいいが……内臓まで損傷していれば命に関わる。

体内へと意識を向ける。——ごふりと、喉の奥から血がせり上がって顔をしかめた。

くそったれ、内臓まで骨が刺さってるじゃないか。どうりで嫌な音だった。

吐血から少し遅れてやってきた激痛に、少しだけ力が緩んだ。

その一瞬で新崎は拘束から抜け出すと、花のように満開の笑顔で僕を振り返る。

「ねぇ、今どんな気持ち？　どんな気持ちかな？　僕が今まで手抜きだったたって知って」

「……最悪だな。保健室行きたい気分だよ」

あわよくばそのまま逃げたい気分だよ。そう言うと、彼の笑みが深まった。

今の絞め技で勝てればよかったんだがなぁ。

それを力技で外されるとなると、彼の身体能力は想定外と言わざるを得ない。

……うん。ここらが潮時か。そう考えて膝をつく。

少し考えたけれど、これ以上無理して頑張ることは無い、と僕は結論付けた。

新崎の様子見も、今ので五割なら底が見えたしな。それに、彼の本来の能力についても察しがついた。あとの詳しい情報は協力者なりに探ってもらうとしよう。

……ああ、それと星奈《ほしな》さんの救出に関しては最初から問題視していない。

人を助けるのなら、僕よりも適任の少女を知っているから。

『キツかったらいつでも頼りなさい！』

さっき聞いた声を思い出し苦笑する。

人を頼るなんて久しく考えもしなかったが、要は考え方の問題だ。

面倒ごとを他人に押し付けてもいい。そう考えると実に心が軽くなる。

と、いうわけで。任せたよ皆！　あとは頑張ってくれ！

「ま、待ってよ新崎くん！　そ、それ以上は……雨森くんが死んじゃうよ！」

真っ先に声を上げたのは、我らが委員長、倉敷蛍《くらしきほたる》。

おそらく、潮時と判断したのは彼女も同じ。

『雨森に任しとけば大丈夫だろ』とタカをくっていた倉敷も、さすがにこれ以上の続行はどちらかの命に関わると判断したようだ。

それは新崎も分かっているはず。にもかかわらず、彼女の悲痛な声を新崎は一瞥《いちべつ》しただけだった。彼は変わらず僕の方へと歩を進め、楽しげに笑うばかり。

「なーに言ってんだろうね？　雨森。殺すって最初に言ったはずだよ？」

「――させると、思ったか？」

僕らの間へと黒い球体が飛来し、新崎は驚いたように後退した。

彼は視線をC組の方向……正確には黒月奏《くろつきかなで》へと向けると、笑顔に不機嫌さを滲《にじ》ませる。

「えっ、なにー？　邪魔する気？　ルール違反でしょ、ぶっ殺すよ？」

「やれるものならやってみろ。……それに、ルールを明確にしなかったのは貴様だ、新崎。貴様の告げた中に【他者が介入してはならない】という規定はなかったろう」

……さすが黒月、よく話を聞いている。

僕が彼の立場なら、きっと同じようなことを言っていたはずだ。

そんなことを思って内心笑うと、僕の前へと影が差した。

驚き見上げれば、そこには星奈さんの姿があった。

「あ、雨森くん……！　こ、これでも、私は文芸部の部長なのです！　なので、守られるよりも……大前提として、部員を守る義務があります！」

「……星奈さん」

やめときなよ、殺されるよ。

そう言ってやりたいけれど、無駄なんだろうなぁって彼女の背中を見て思う。

何を言っても曲がらない頑固者。彼女の背中を見てふいにそんな単語が浮かんだ。

やがて僕や星奈さんの前へと、倉敷や黒月が姿を見せる。

「お前も好きに横槍《よこやり》を入れろ。俺たちは、B組全員を敵に回しても構わない」

「……はーあ、なにそれ、冷めるんだけど。仲良くみんなでごっこ遊び？　高校生にもなって友情ごっこがそんなにお好き？　誰かのために誰かが動いて、それに感謝して咽《むせ》び泣くって？……くっそも笑えないね！」

されど、新崎は止まらない。

あまりの威圧感、強者としての存在感。その場に居た生徒全員が顔色を変えた。

彼と相対して感じた強さは本物だ。

新崎は間違いなく強い。今まで処してきた霧道《きりどう》や熱原《ねつはら》とは比べ物にならない。

なんせ、一つのクラスをまとめ上げる覇王が相手だ。今までの先兵と比べていては新崎に失礼っていうモノ。そりゃあ強いさ。並の生徒ではまず歯が立たない。

けれどね、新崎。

目には目を、歯には歯を。——そして、王には王をぶつけりゃいいのさ。

「――ずいぶんと、元気がいいわね」

ぞくりと、その場に居た全員の背筋に悪寒が走る。

新崎が咄嗟《とっさ》にその場を飛び退くと、直後に黄色い稲妻が駆け抜けた。

その雷は体育館の床を広く焼き焦がす。

熱く焦げた床と、フローリングの焼けた匂い。

黒ずんだその場には、一人の少女が立っていた。

「チッ、面倒くさいのが出てきたねぇ……」

黒髪を揺らし、その少女――朝比奈《あさひな》霞《かすみ》は僕らの前に立つ。

雷が彼女の周囲を絶えず焼き続け、朝比奈嬢は鋭い目で新崎のことを見据えている。

「でも、登場がおそくなーい？　嬲《なぶ》られるのを黙って見てたわけでしょ？　それって仲間を見捨てたって事じゃーん。今更正義ぶっても、それ、偽善じゃない？」

「見捨てることと信じることは異なるわ。けれど……難しいのね。自分の心を押し込めて、誰かを信じて委ねるというのは」

そうして、朝比奈嬢は僕を振り返る。

「それとも雨森《あまもり》くん。もっと早めに助けるべきだったかしら」

「……これ以上早くても遅くても、文句を言うつもりだった」

タイミングとしてはベストだったよ。

霧道の時も、今も。お前は助けに入るべきタイミングだけは誤っていない。

僕の言葉に少女は笑う。そして堂々と胸を張り、新崎へと相対した。

「悪いけれど、全力で阻止させてもらうわ、新崎君」

僕が限界ギリギリまで時間を稼ぎ、倉敷が情を揺さぶり、黒月が言葉で留《とど》め、それでも届かないであろう『わずか』を、朝比奈霞に押し付ける。

もとより足りない部分が多かった朝比奈嬢だが、それでも、強さだけは一人前だろ？

使えるモノがあるなら、使うべき場所を違《たが》えない。

朝比奈霞の純粋な強さ。

それは、一年C組が持ち得る最大最強の切り札。

ここで使わずしてどうするって話だ。

「来るなら来なさい。ただし、私は強いわよ。貴方《あなた》よりもずっと」

「……かっちーん。ムカついちゃったぁ！」

既に、残り時間は一分を切っている。

新崎が規格外だと言うならば、彼女も彼女で規格外。

今までの誰もが『頑《かたく》なに戦おうとしなかった』傑物。

言葉を弄し、煙に巻き、万策尽くして戦闘を回避した。

霧道は最後の最期まで朝比奈には手を上げようとしなかったし。

熱原は、挑発の限りを尽くして朝比奈との戦闘を回避した。

そして新崎もまた、彼女の『強さ』を感じ取ったのだろう。

その強さを前に、彼の足は完全に止まっている。

「……朝比奈、とかいったっけ？」

「どうしたの新崎君。襲ってきても構わないわよ？」

彼は笑顔のまま彼女を見つめているが、決して楽観的な雰囲気ではない。

空気が張り詰め、まるで猛獣が睨《にら》み合っているような感覚だった。

時計へと視線を向ければ、規定の時刻まで、わずか三十秒。

新崎が『本気』とやらを出せば、瀕死《ひんし》の僕を殺すには十分すぎる時間。

どこからか喉を鳴らす音が聞こえた。

周囲から雑談が消え、騒音が消え、体育館を無音が包む。

どこまでも重く、鈍い、永遠のように引き延ばされた一瞬の対峙《たいじ》。

息が詰まるような緊張感の中で。

――されど、新崎が出した答えは想定とは反対のものだった。

「やーめた！　なんか冷めちゃったよ、つまんねー！」

彼は爽やかな笑顔で毒を吐き。

そして授業終了のチャイムが鳴り響き、僕らのスマホが鳴動した。

《闘争要請《コンフリクト》終了のお知らせ》
闘争要請《コンフリクト》に勝利しました！
雨森悠人《ゆうと》VS新崎康仁《しんざきやすひと》
雨森悠人の勝利により、星奈蕾《つぼみ》はこの時間より一年C組へと編入になります。

スマホにはそんな文字が浮かんでいる。

全身傷だらけ、熱原戦以上の重傷だが……最低限の勝利だけは拾えたみたいだな。

今回の結果に満足していた僕だったが、新崎から視線を感じてそちらを見る。

「雨森ー。お前、弱すぎ。ちょっとは戦えるみたいだけどさ、もう大体分かっちゃったよ。お前は僕の脅威たりえない。むしろ感謝するよ！」

そう言って、彼はある方向へと視線を向ける。

既に、新崎の興味は僕から移り変わっていた。

おそらく、今の彼が興味を抱いている先は――朝比奈霞と、黒月奏。

「朝比奈さーん、これで終わったと思わないでね？」

「もちろんよ。今日、この時点から……貴方は私の警戒対象。悪巧みは許さないわ」

そう言うや否や、朝比奈嬢は僕の方を振り返る。

僕を見る彼女の瞳には、燃え滾《たぎ》るような決意が灯《とも》っていた。

「私は期待を裏切らない。それが、今の私のモットーよ」

そう笑う朝比奈嬢を見て、僕は瞼《まぶた》を閉ざした。

☆☆☆

少しだけ時は流れ。

「だ、大丈夫かよ、雨森のやつ……」

体育の時間が終わり、次の数学の授業まであと数分といったところ。

烏丸《からすま》冬至《とうじ》は、気絶して病院へと運ばれていった雨森を思い出していた。

「雨森……あの熱原と戦って、全身大やけどでも平気な顔してたんだぜ……？　それが、マジで気を失って病院に運ばれるとかよ……」

雨森悠人、緊急搬送。その判断を下したのは担任の榊《さかき》だった。

井篠《いしの》の異能でも手に負えず、保健室でも治療機器では不十分と判断した彼女は、躊躇《ためら》いなく雨森悠人を病院へと搬送した。選英学園の敷地内に建つ病院は最新鋭の医療だけが集まっており、死んでさえいなければ必ず元へ治す、というのが売りだった。

ようは、雨森悠人はそんな病院へ運び入れなければならない程の重傷だったということ。

仮に判断が遅れていれば――本当に死んでいたかもしれない。

少なくともクラスメイトはそう捉えていた。

「……信じられねぇが、あの新崎って野郎の攻撃は、熱原の放つ『熱波』よりもずっとやべえ、ってことだろうな」

烏丸の言葉に、熱原と戦ったことのある佐久間《さくま》が返す。

彼は、過去の戦いを思い出す。自分の今持てる全力を費やした。けれど、佐久間では熱原に異能の一つも使わせることができなかった。……相性、というのも少なからずあるのだろうが、それでも佐久間が熱原に劣っているのは間違いない。

そして、新崎がその熱原よりもずっと強いと、クラスメイト全員が確信していた。

C組上位の実力者である佐久間でさえ、逆立ちしても勝ち目はない。

必然的に『新崎以下』と大半の生徒が烙印《らくいん》を押された形だ。

多くが俯《うつむ》き、重い沈黙がクラスを占める中……その『少女』は前を向いていた。

「……どうやら、嫌な予感が的中したみたいね」

「……あ？　んだよ朝比奈。なんか言ったかよ」

その中でぽつりと漏れた呟《つぶや》きに、佐久間が問い返す。

朝比奈の嫌な予感。それは『A組、B組には自分と同等かそれ以上の誰かが存在する』という考え。体育の時間の前、雨森へと語って見せた見解だった。

しかし、ここにきてその見解が真実味を帯びてきた。

（新崎君は間違いなく強い。……私や黒月《くろつき》君でようやく互角に戦えるかどうか。であれば、A組は絶対に熱原君ではないでしょう。他に、誰かがいる。確実に）

朝比奈霞は確信した。――が、それを語るのは今ではない。

公表すべき時に打ち明ける。それまでこの事実は隠ぺいしなければならない。

なにも愚直だけが正義ではないのだと、彼女は最近になって思い知っていた。

「ただ、新崎君の脅威を再認識していただけよ。……少なくとも、何の対処もなしでは押し負けるのは必至でしょうね」

朝比奈の弱気な言葉に、教室内が大きく騒《ざわ》めく。

生徒各人から不安が溢《あふ》れ、やがてそれらは声となって到来する。

「ど、どうしよう朝比奈さん！　対処するって言っても……」

「ま、前みたいに襲われるかもしれねぇ……！　こ、今度はみんなで守り合わないと！」

「けど、あの時も『C組内でずっと対策し続けるのは不可能だ』って結論で、闘争要請《コンフリクト》に乗ったわけだろ？　そういう対処の仕方は難しいんじゃねぇか？」
Ａ組との闘争要請《コンフリクト》。その単語を聞いて朝比奈は胸が苦しくなった。
それは少女にとって、考えるだけで頭が割れそうになる手酷《てひど》い失敗。
できることなら二度と思い出したくもない——が、大きな失敗は学ぶことも多い。
彼女は大きく深呼吸して、過去の一件を事細かに思い出す。
Ａ組の熱原《ねつはら》によって間鍋《まなべ》が襲われ、それをきっかけに闘争要請《コンフリクト》に引きずり込まれた。
あの時の失敗は熱原の悪意を甘く見たこと。
だが今回、甘さなど最初から捨てている。
『新崎は当たり前にそういう手段をとってくるだろう』
という前提で考える。あの相手にはそれくらいがちょうどいい。
朝比奈霞はさらに考える。
警戒は済んだ。であれば注目するべきは『今度はどうやって対処するか』の一点だ。
襲われるにしても、それを延々と三年にわたって警戒し続けるのは難しい。
その結論は既に出ていた。であれば——考えるのはその先だ。
かつては、熱原へと闘争要請《コンフリクト》を申し込むことで問題を解決しようとした。
言ってみればただの力技。ごり押しで問題を握りつぶそうとした。
——そして、失敗した。

だからこそ、朝比奈《あさひな》霞《かすみ》は考え続けた。

どうすればこの学園から悪を消せるのか。より善い治安を維持できるのか。

考えて、考えて。様々な手段を考え続けて――。

ついに察する。

『ああ、自分たち【だけ】では不可能だ』と。

そこまで考え及んでしまえば、その後の行動は速かった。

「そのために、私は『学園の治安組織』を結成したわ」

贈る言葉は既に過去形。平穏な日常を過ごす傍ら、彼女も正義に従って動いていた。

その結果が、彼女の言った組織の結成にあった。

「生徒会とは別種の、学園の治安維持組織。生徒会より幅広く、風紀委員会より深く。生徒ひとりひとりに寄り添い、支え、守り通す。生徒による生徒のための防衛装置」

最大の難関――どうやって学園に認めさせるか、という点も既に解消できている。

「組織は『部活動』として学園側に認めてもらったわ」

この学園は、部活動に関しては驚くほどに寛容だ。

部活として自警組織を結成しようとも、学園は見知らぬふりで認めてしまう。

だが、そこで一つ疑問が飛び出してきた。

「部活って……朝比奈さん、雨森君《あまもりくん》に騙《だま》されて美術部入って――」

「騙されてなんかいないわ。ええ、決して騙されてなんかいないけれど、この学園に兼部を禁止する決まりはないのよ」

妙に早口になって朝比奈は否定する。

彼女は咳払《せきばら》いをしてからクラス中へと視線を巡らせる。

自信を胸にこの学園へと入学した。しかし、ちっぽけなソレは粉々に砕け散った。

守るべき人も守れず、誓ったはずの約束も違《たが》えて。

正義の味方として失意の底に居た自分を、このクラスは見捨てなかった。

であれば、もう二度と……自分は期待を裏切るわけにはいかない。

彼女は正義の味方として、自信たっぷりな笑顔を見せる。

「正義の味方として、皆を守るわ。もう二度と、負けてたまるものですか」

――かつて、雨森悠人が告げた無理難題。

全ての可能性を読み切る。彼女は彼の言葉を思い出し、窓の外を見る。

(難しい……けれど、正義の味方としては最低条件なのよね、雨森くん)

そう、目指すべき先を想《おも》えば、当然のこと。
朝比奈霞は決意する。
当然のことを、当然のように。私は全力を尽くして皆を守る。
私は絶対に、正義の味方になるんだから――と。

彼女の決意は、皆を震わせる。
しかし話を聞いていた倉敷《くらしき》は、クラスメイトの様子を冷めた目で眺めていた。
彼女の目的は、朝比奈霞を『勝たせ続ける』こと。
それだけが、雨森悠人から受けたオーダー。最優先事項。
故に、それ以外の部分に関しては目をつぶるつもりでは居るが……。
(……あの野郎、今回は何を考えてやがる)
最近の雨森悠人は、星奈《ほしな》蕾と行動を共にしている。
普通に授業を受け、普通に部活に励み、好きな女子と放課後を過ごす。
まるで普通の高校生活。……されど、相手はあの雨森悠人だ。
(動いてねぇように見えるってことは、お前が動いてる証拠だろ、嘘《うそ》つき野郎)
倉敷蛍《ほたる》は、雨森悠人が嘘つきであると信じている。
最初から最後まで信頼なんてできなくても、嘘という一点に限ればあの男は誠実だ。

動いていないように見えれば、必ず裏で動いている。
誰かに負けるというのなら、敗北そのものに理由がある。
そういう男だと、倉敷蛍は信じていた。
あの男は確実に何かをするだろうし、自分たちが見えない裏で絶対に動いている。
……問題があるとすれば、彼の暗躍を知りたいと思わないことだろうか。
あの男は正義の味方とは正反対。であれば、彼の行いが正義であるはずがない。
自分たちがこうして過ごすその裏で……一体、どれだけの悪意が渦巻いているのか。
倉敷が人知れず顔をしかめる中。
廊下から、他クラスの生徒たちの話し声が聞こえてくる。
「ねぇ、B組の四季《しき》さん見なかった？　実は、いきなり居なくなっちゃって……」

第三章 体育祭

ゴールデンウィーク。

それは、国民全員が享受すべき今年度最初の楽園である。

生徒たちが新しい生活にも慣れ始め、誰それが校則を破ったなどという話もいい加減聞かなくなってきた時分。そんな折に黄金の一週間は突如として現れた。

ある者は友人と仲を深め、ある者は恋人と濃密な日々を過ごし。

ある者は、怪我《けが》が酷すぎて病院のベッドの上に居た。

「定期テストまで一か月を切った」

ある昼下がり。病室に来た榊《さかき》先生から絶望の一言が下った。

「嘘……でしょ」

「一学期、中間テストまで残すところ一か月だ。そして、お前はその内の二週間……ゴールデンウィークも含めて入院生活を送ることになる。……言いたいことがわかるな？」

はっはー、絶望的、ってことですね？

何が絶望的かって、この学校において定期テストとはとても重要な役割を持つ。

そう、皆さんお察しの通り、生活費の支給額がかかっているのだ。

これは今さっき、病室へとやってきた協力者から入手した情報だが、学園が毎月生徒へと支払う生活費は、ほとんど定期テストの結果で決まるというのだ。

「C組の中では……雨森、貴様が最も所持金が少ないからな。何をトチ狂って教室をリースしたかと思ったが、ここにきて最悪な方向に進んでいるな。なあ？　所持金５万弱の雨森悠人《ゆうと》」

ヤバい、これはヤバい。

時間は腐るほどあるが、授業を受けられないというのはこれ以上ない『遅れ』となる。

なんてったって、榊先生は教師としては超一流だ。

彼女の授業を受けられる他生徒たちと、教科書で自習しかできない僕。

他クラスの教師も相応に優秀だとしたら……どれだけピンチか分かって貰《もら》えると思う。

「……ちなみに、支給額はどんな感じで決まるんでしょうか？」

「総合的な評価……主に闘争要請《コンフリクト》の戦績と、定期テストの結果次第だが。学年一位、１０0万から、第二位、80万、第三位70万、そこからどんどん落ちてゆき、十一〜三十位は30万、三十一位〜六十位は20万、六十一位〜は月10万となっている」

うっわぁ、何それ理不尽。

一位と最下位で十倍も差があるんですが。しかもそれ毎月貰えるわけだよな。

同じ順位を何度か繰り返せば、一位は２００万、３００万と増えていき、対して最下位は20万、30万と数字が重なる。倍数は変わらないが格差は桁違いに増え続けるだろう。

黒月《くろつき》は確実に上位五位以内をとってくるだろうし、朝比奈嬢も頑張れば上位十名には入れるだろう。そのほかにも数名、上位入賞できそうな人物に心当たりはあるが……ううむ。

人を羨んでいられるほどの余裕もないんですよねぇ。

「クラスの平均点がそのまま私たちの給料に直結するからな。私は全力をかけて最高の授業を行っている。ただし、お前は受けられないという話だがな」

なんたる理不尽！　やだよ、星奈さんを助けるために頑張ったんだぜ！

ちょっとくらい優遇措置があってもいいじゃないか！　ほら、出張授業とかさ！

そう言おうとするが、彼女の顔に不安はない。

榊先生はにやりと笑うと、何を思ってかこんなことを言った。

「まあ、無用な心配だと思うがな。お前にはぜひとも一位を取ってもらいたい」

「頭沸きました？」

咄嗟《とっさ》に問うと、彼女の額に青筋が浮かんだ。

おっと失言。僕は視線を逸《そ》らして彼女へ問うた。

「いつも授業で答えられてないじゃないですか。僕に何を求めてるんですか」

「あれは、そもそもお前に答える気がないってだけだろう」

そう返すと、彼女は楽しげな笑みを残して帰途へ就く。

しかし、病室の扉の前で立ち止まると、ちらりと僕へと振り返る。

「金が賭かれば手は抜けないだろう？」

机の上へと視線を向けると、彼女が用意したらしい教材がずっしりと積まれている。

これを全部やれと？　残りの二週間足らずで？　このボロボロな身体《からだ》で？

「……笑えないにも程がある」

僕は呟《つぶや》いて、窓の外へと視線を向けた。

……まぁ、結果として。

高校生活最初のゴールデンウィークは、勉強と入院で潰れました。

こんな目に遭わせてくれた新崎《しんざき》は、そのうちぶん殴ってやろうと思う。

☆☆☆

退院した翌日から学校へと戻った僕は、クラスメイトたちに退院を祝われつつも、かなり遅れて本格的な試験勉強を開始した。

……えっ、みんなに追いつけたのか、って？

おいおい、そんな野暮なこと聞くんじゃないよ。哀《かな》しくなるだろ。

僅かながらの勉強期間は秒で過ぎ去り——そして、試験当日。

国語、数学、英語、その他諸々《もろもろ》……と。たった一日に詰め込んだ超ハードスケジュールはまるで嵐のよう。僕らはさながら、荒波に呑《の》まれまいとする遭難者だろうか。

そして時は過ぎ、午後四時を回ったあたりで終了のチャイムが鳴り響いた。

その瞬間、クラス中から安堵《あんど》の吐息が湧き上がる。

「お、終わった……！」

それがどっちの意味だったのかは、きっと本人と神のみぞ知るだろう。

誰かが呟き、緊張していた空気が一気に霧散する。僕が天井を見上げて眉根を揉《も》むと、斜め前の席に座っていた倉敷が僕を振り返った。

「雨森くんも、さすがにおつかれの様子だねぇー」

「お前もな」

「そりゃそうだよー！　一夜漬けが過ぎちゃったね！」

はい嘘乙～。この前病室に来て『どれだけ自分の勉強が捗《はかど》っているか』を三十分かけて自慢してたじゃないか。自慢する為《ため》だけにお見舞いに来るんじゃないよ。

というか、委員長が一夜漬けとか言ってもいいんだろうか？

そんなことを思ったが、彼女はどっちかと言うと、完璧な委員長よりも、愛嬌《あいきょう》があってどこか憎めない委員長、の方が似合う気がする。

それに、完璧なんてのを目指すのは、どこぞの正義の味方だけで十分だからな。

「雨森《あまもり》くんは手応えあり、って感じかな？」

「だったら嬉《うれ》しいけどな。おそらく、平均点前後だろう」

というか、その水準まで頑張った僕を褒めて欲しい。僕も今回ばかりは赤点を覚悟していたが、諦めなくてよかったと心から思う。それに、榊先生の用意した教材が思いのほか使いやすくてね。認めがたいが、やはり彼女は教師としてとても優秀なのだろう。

ま、人間としては終わってると思うけどな。

そんな思いで言うと、倉敷はパチパチと拍手しながら褒めてくれる。

何この子、ずっと猫被《かぶ》ってた方がいいんじゃないかしら。

素でいい子なら、こうして嘘を吐《つ》くことにも罪悪感があるんだがな……。

「すごーい！　なら、次のテストは上位間違いなしだねっ！」

「まぁ、頑張るさ」

僕らはそこらで一旦話を打ち切った。

周囲には余裕だったり阿鼻叫喚《あびきょうかん》だったり、いろんな様子の生徒が見てとれる。

その中でも一際《ひときわ》余裕そうなのは黒月。

アイツは……もう、ぶっちぎりで問題を解き終わるのが早いからな。僕達《たち》がカリカリやってる中、一人だけ『よし、満点』みたいな雰囲気で筆記用具を片し始めるのだ。一度でいいからあいつの脳内を覗《のぞ》いてみたい。

次に余裕そうなのは……朝比奈《あさひな》嬢かな。

最近の様子や授業態度を見る限り、朝比奈嬢もかなりの高得点を狙えそうだ。

そんな彼女は教壇の方まで歩いていくと、クラスメイトへ向けて声を上げる。

「みんな、ちょっと注目してくれるかしら。試験が終わって間もないけれど……次の『体育祭』について、少し話しておきたいの」

その言葉に、クラス中が少しざわつく。この学園において、五月の末……つまりは定期テストが終わってすぐに、クラス対抗、全校生徒交えての体育祭が行われる。

体育祭では去年も一昨年も、全十種目を全校生徒で競っていたらしい。

入賞すれば点数が得られ、入賞も出来なければ点数の加算は無し。

そして最終的に得た点数はリアルマネーと交換され、点数の分だけ来月の生活費に加算される。頑張りが現金に直結する夢のようなシステムだ。

しかし榊先生がこの間も言っていたが、金が賭かれば手抜きはできない。

毎年、金の亡者と化した生徒たちが死に物狂いで競い合い、蹴落とし合う。

それが本校の体育祭である。

朝比奈も同じ情報を仕入れていたのか、クラスメイトへと体育祭の説明をする。

得点がそのまま支給の増額へ——という説明のところでクラスメイトは一様に沸いたが、
その後の『全校生徒入り交じって』という説明を聞いてその空気も消え失《う》せた。

「い、嫌な予感しかしねーよ。だって、A組の熱原《ねつはら》、B組の新崎、加えて他学年まで入り交じっての対抗戦だろー？　特に『生徒会の二人』とか、勝てる自信ねー……」

烏丸《からすま》の言うことにも一理ある。

新崎はここの所動きを見せていない。それは、単に僕らへ攻撃するつもりがない……とは考えにくいか。であれば体育祭で一気に動くつもりなのだろう。

それに、沈黙したA組についても無視は出来ないし……。

かといって同級生にばかり目を向けていると、上級生への対応が鈍くなる。

特に烏丸の言った二人——生徒会長と、生徒会副会長。

個人的には副会長の方だな。まともに戦えば負けるとは思えないが、逆に、まともに戦えなければ僕が負けるだろう。そういう類の面倒くさい相手だ。

しかし、僕の思いをクラスメイトが酌んでくれるとは限らない。

「ええ、確かに敵は強大よ。けれど、私たちC組には、運動神経抜群の、非能力戦、最強の男がいるじゃない！」

朝比奈嬢が言った瞬間、とクラス中の視線が僕へと向かった。

僕は視線を逸らして窓の外を見る。今日もいい天気だなー。

「確かに……体育祭ってことは、異能無しの競技も必ずあるはず。ってことは、上手《うま》いこと行けば雨森の一人勝ちになる可能性も……」

「無きにしも非《あら》ずよ！」

ねぇよ、と。心の底から吐き捨ててやりたかった。

こうなると予想できたから体育祭は嫌なんだ。

下手に身体能力の高さを見せてしまったが故の障害。

まぁ、朝比奈嬢に『弱いから常に見張って守ってあげないと』と思われ続けるよりはよっぽどマシだが、これはこれで辛《つら》いものがある。

結論、朝比奈嬢と同じクラスになったことが運の尽き。それしかないな。

「まぁ、できることは限られると思うけどな。……A組にも、明らかに二メートル超えてる留学生居るみたいだし」

「あー、あの、長い金髪の奴《やつ》だろ？　ロバートだっけ？　闘争要請《コンフリクト》にも出てたよな？」

佐久間《さくま》の言葉に、かつて闘争要請《コンフリクト》に参加していた外国人を思い出す。

見上げるほどの身長に、微塵《みじん》も揺れることない重心。

服の上からでもわかる筋肉の隆起……もう、弱いわけないよね。

A組が橘《たちばな》のワンマンチームという事実は揺るがないが、それでもその評価は『橘月姫《つきひ》と比べて』って話だ。相応に厄介なのは居るだろう。

「二メートル超の外国人に……走って勝てるかと聞かれたら自信が無い」

僕の言葉に誰もが苦笑いを浮かべる中、朝比奈嬢は教壇を叩《たた》いた。

「それはともかく……頑張るしかないわ！　それで。今回みんなに聞いてもらいたいのは、体育祭の『警護』について、なの」

「……警護、ねぇ？」

腕を組んだ佐久間が、気になったように口を開いた。

何が言いたいのかはこの場の全員が察していたが、朝比奈嬢はあえて口に出す。

「皆も分かっているでしょう？　彼らがこのようなイベントを見逃すはずがない」

熱原と、新崎。性格は異なれど同じ害悪である男たち。

朝比奈嬢の言葉に誰も異論を挟まないほど、二人はC組からの信頼を勝ち取っていた。

――絶対になにか仕掛けてくる、と。

あの二人がまともに戦うわけがない、という信頼。

そりゃ、あれだけ好き放題動いて喋《しゃべ》って煽《あお》り散らかしてたんだ。当然の帰結である。

事実熱原はともかく、新崎は確実にこの体育祭で何らかの行動を起こすだろう。それが他クラスへの攻撃になるのか、嫌がらせになるのか、闘争要請《コンフリクト》になるのかは分からない。

それでも、何かがある。

彼女はそう考えて『警護』という言葉を使ったのだろう。

「当日、体育祭の警護は、私たち【自警団《アポストル》】が行うわ」

彼女の言葉を受け、倉敷《くらしき》や黒月《くろつき》が頷《うなず》いた。

組織名――自警団。それこそが朝比奈霞《かすみ》の立ち上げた新勢力だ。

それは学年、学級を問わず、ありとあらゆる人材を集め、学園の秩序を守る為に動く正義の結社なのだそうだ。しかも、結成からわずか数週間で構成人員は二十人超と来た。

三学年全員で二百七十人も居ないと考えると、それなりに大きな勢力だ。

ちなみに、倉敷と黒月は『副団長』という最高幹部に位置しているらしい。

「まー、こんな事じゃ生徒会やらは動いてくれねーしなー」

生徒会が動くのは、闘争要請《コンフリクト》や校則違反などが起きた場合だけ。

それ以外は基本的に無関心を貫き通す感じらしい。

だから、というのもあるのだろう。彼女が自警団なんてものを作ったのは。

彼女へと視線を向けると、その瞳は少し申し訳なさそうに揺れている。

「ただ、今参加してくれている生徒のほとんどが興味本位よ。二十数名いる部員の中で常時動いてもらえるのはわずか数名。私たちだけで抑えられるのが一番だけれど、……場合によっては、皆の力を借りたい場面も訪れるかもしれない」

その『弱気』ともとれる発言に、教室内は少し騒《ざわ》めく。

しかしそれは一瞬。すぐに佐久間や烏丸が声を上げた。

「気にすんなよ。熱原や新崎《しんざき》……ああいった野郎共を黙らせられるなら、いくらだって手ぇ貸してやるさ。ま、野球部が忙しいから自警団には入れないけどよ」

「佐久間の言う通りだぜ！　困ったことがあったらいつでも言えよ朝比奈さん！」

二人の声を受け、その他の生徒たちから声が上がる。

その光景に目に見えてほっとした様子の朝比奈嬢を見て……しみじみ思う。

入学当初から比べて、ずいぶんと丸くなったな、あいつ。

『力を貸してほしい』だなんて、入学当初の彼女からは絶対に出てこない言葉だろう。

彼女にとって正義の味方とは『全てを一人で解決するヒーロー』だったはずだ。

そこから、何かしら思うところがあり、憧れの姿に変化が生じた。

全てを一人で成すことよりも、確実に正義を成すことを優先し始めた。

……と言うより、今になって初めて地に足がついた、って感じかな。

些細《ささい》だけれど、それは大きな変化だろう。

もう、自分は正しい、自分は負けない、と妄信するだけじゃない。

朝比奈霞は、自分の考えに疑問を持つようになったのだ。

果たしてこの変化を良いものと捉えるか、悪いものと捉えるか。

僕に答えは分からないし、きっと、朝比奈嬢本人にも分からない。

だって答えは、未来にしか転がっていないのだから。

……さて、朝比奈嬢も本格的に動き出した。
この気配を感じ取れないほど、新崎も馬鹿じゃあるまい。
確実に、何かしらの手を打ってくるはず。
そして、その手の『裏』を読み切り、夜宴《やえん》で叩く。
……と、そこまで考えたところで、壇上の朝比奈嬢が目に入る。
入学から既に時は経《た》ち、幾度も負けて、幾度も挫折し。
その度に少女は前を向き、走り続けてきた。
まだ結果には表れていないが。朝比奈嬢は確実に正義の味方として開花を始めている。
──ならば、と僕は考える。
そろそろ僕も、結論を出す頃だ。
C組の神輿《みこし》として。学園を潰すための『嵐の目』として。
朝比奈霞は、本当に相応《ふさわ》しいのか否か。
「…………」
そして僕は決断する。
今回の体育祭において、雨森悠人は朝比奈霞を助けない。

新崎の相手は朝比奈嬢に一任する。倉敷と黒月には引き続き手伝わせるが、僕が裏からを手を回すことは無い。新崎を潰すために僕も裏で手は回していたが……、そいつも今回は休んでもらおう。別に、今回動かさずとも無駄にはならないしな。

壇上で、少女はクラスメイトからの賞賛を浴びている。

その姿を冷めた目で見つめる自身を自覚し、我ながら冷酷だなって苦笑した。

せっかく邪魔な相手を排除したのに、星奈《ほしな》蕾《つぼみ》を引き入れたのに。

いざ目的のために動き始めたら、僕にとってそれらは些事《さじ》に成り下がるらしい。

今までもこれからも、僕はこの学園をぶっ潰すために動き続ける。

にもかかわらず、朝比奈が新崎を相手に敗れるようなら。

使い物にならないようなら——その時は、一年C組に未練はない。

「……B組か、……あるいはA組か」

使えないクラスに居るつもりはない。

星奈さんのおかげで、闘争要請《コンフリクト》を介せばクラス移動も可能だと確認できた。

となれば、朝比奈霞が負けた時……僕の取る手段なんて子供でも分かる。

冷めきった心の中と、相反してクラスの空気はとても温かい。

既に話し合いは終わり、生徒たちも各々の会話へと戻っている。少なくない生徒が教室を後にする中、壇上から降りた朝比奈嬢は、その足でまっすぐ僕へと向かってきた。

「雨森《あまもり》くん！　ぜひ貴方《あなた》には自警団の指南役兼、副団長をお願いしたいの！」

「お断りします」

とりあえず断って、僕は鞄《かばん》を片手に立ち上がる。

ついつい彼女の演説に聞き入ってしまったが、よく考えたら放課後だ。

僕が図書室へ向かうべく歩き出すと、急いで鞄を取ってきた朝比奈《あさひな》嬢がついてくる。

「雨森くん。私も……最初は勘違いしてしまっていたけれど、貴方が熱原君、新崎君と戦っているのを見て確信したわ。雨森くんは間違いなく強い。特に、能力無しの近接戦においては、雨森くんが負ける未来が想定できないわ」

「あっ、今日占い最下位だ。なになに、悪質なストーカーに付きまとわれる、と。これは気をつけないとなー」

「は、話を、聞いていただけ、ない、でしょうか……」

歩きながら、苦しそうに胸を押さえる朝比奈嬢。

僕はため息と共に足を止めると、彼女を見ぬまま口を開く。

「話なら聞いている。けど、聞いた上で断っている。熱原の時や、新崎の時は僕が戦いたいと思ったから戦っただけだ。だから……あれだけの怪我《けが》をしても後悔はない」

ただし、ゴールデンウィークを潰した新崎は許さんがな。

そう内心で怒りを滾《たぎ》らせつつ、彼女を振り返った。

「けれど、自警団とやらは話が別だろ」

自警団ってのは、こっちから事件に絡みに行くんだろ？

事件がやって来て、仕方なく対処するなら別にいい。この学園で生活していく上での必要経費と割り切れる。けど、その逆は絶対にないんだ。

「け、けれど……っ」

「自分の正義感を他人に押し付けるな。自分が戦うのだからお前も戦え……なんて。お前の憧れた正義の味方はそんな薄っぺらい男だったか？」

「……そ、そんなことないわ」

はい、論破。僕は満足して話を締めにかかる。

「そして一番の理由。お前を信頼も信用もしていない。そんな女の下で働くつもりは毛頭ない。最低限、信頼されるだけの実績、なにかあったか？」

「……っ！　そ、それは……」

無い。今の彼女には実績が無いのだ。

能力はあれど、カリスマはあれど、魅力はあれど、実績がない。

この先いくらでも手に入れることは出来るんだろうが……僕は『いつか』なんて信じない。他人の不確定な未来を信じるつもりはない。

「……たしかに、黒月くんからも言われているわ。今はまだ、興味本位で入団してくれる人もいるけれど、実績がいつまでも無いままだと、必ず人は消えていく、って」

「さすが、天才は言うことが違う」

「……ええ、彼には、いつも助けられてばかりよ」

嬉《うれ》しそうに笑った彼女の言葉には、信頼が色濃く見えた。

あれま、これってもしかして……朝比奈嬢と黒月のラブロマンスでも始まるんじゃなかろうか？　だとしたら僕は全力で応援するよ。僕は星奈さん一筋なんでね。

「……ええ、雨森くんの言う通り、順序が逆だったわね。私はまだ、貴方の信頼を勝ち取れていない。……こんな状況で、自分の希望が通ると思っていたのが間違いだったわ」

吹っ切れたように、朝比奈嬢は笑顔を見せた。

彼女はたたたっと駆けていくと、しばらく行ってから僕を振り返る。

「なので、雨森くん！　待っていてちょうだい！　私が完全無欠に完璧に、文句の付けようのない実績と功績と信頼を積み重ねて、貴方を改めて勧誘しに行くその日まで！」

「だから、断ると言っているんだが」

「それでも、私は貴方に隣に居てもらいたいわ！」

それが本心であり、それが全てだと彼女の瞳は語っている。

「何故《なぜ》？」

「……そうね。私が困っている時、雨森くん、アドバイスしてくれて……助けてくれたでしょう？　私は助ける存在であって、助けられる存在ではない。にもかかわらず、貴方は私に、道を示してくれた。……だから、かしら」

熱原《ねつはら》に敗北した後、ショッピングモールでの話だろうか。

あの時は、ただの気まぐれで彼女へとアドバイスを送った。

だけど……あの状況の朝比奈に、倉敷が何も言わなかったわけが無い。

彼女から何か言われてなお、そういう感想を抱いているのだとしたら……おい倉敷、どうやらお前の『薄っぺらさ』を直感しているみたいだぞ。無自覚だろうけどな。

「あの言葉に、どれだけ救われたか」

彼女は言った。どこか恥ずかしそうに、頬を赤らめながら。

「貴方が隣にいれば、きっと私は誰にも負けない。貴方と二人で戦えば、負ける気がしない。だって、貴方は私を助けてくれるし、貴方は私が助けるもの」

詭弁《きべん》だな。そう思った。

それに、仮にそうだとしても……僕が居なければ勝利できない女に興味はない。

そう言いたげな僕の目を見て、彼女は自《おの》ずと頷いた。

「けれど……そうね。貴方の信頼を勝ち取るためにも、そんな甘えたことは言えないのでしょうね。……だから、ここに朝比奈霞は宣言するわ」

彼女は、覚悟の炎を瞳に灯《とも》す。

「私はもう、誰にも負けない」

誰にも負けない……か。随分と大きく出たな、朝比奈霞《かすみ》。

その対象に雨森悠人《ゆうと》は含まれるのだろうか？　だとしたら自信過剰と判断するが。

けれど今の朝比奈霞からは、一蹴するには重すぎる決意を感じ取れる。

「そうか。負けないのだったら僕が隣に居る必要はないな」

「なっ!?　そ、そんなわけないじゃない！」

「負けるというのか。ならお前の隣に居るつもりはない」

「……！　た、謀《たばか》ったわね！」

どっちに答えても僕は理由をつけて断っていた。そう察した朝比奈嬢が怒り始めるが、そもそも大言壮語したお前が悪い。それでも僕を隣に縛っておきたいのなら……自身の吐いた言葉にくらい責任を持って見せろ。

――少なくとも、その覚悟だけは悪くはなかったからな。

僕はそう考えて、彼女とは逆の方向へと歩き出す。

しかし、しばらく歩いたところで。

僕のずっと後ろから、朝比奈嬢の独り言が耳に届く。

「……そういえば、雨森くんに私の『憧れの人』なんて話したかしら?」

その声が聞こえて、僕は歩を早める。

そうだな、今回ばかりは僕の失言だったらしい。

お前が僕に語ったのは『かつて正義の味方に憧れた』ということだけ。

――決して、その正義の味方が【男性】だったとは、言ってなかったはずだ。

☆☆☆

朝比奈嬢とちょっとばかりお話をした、その三十分後。

僕は女神と戯れていた。

「雨森くん、この本も、おすすめです」

「はい、全部読ませて頂きます」

まるで王に謁見する兵士のごとく、誠心誠意頭を下げて本を受け取る。

星奈さんがC組へとやってきてだいぶ経つ。

当初は馴染《なじ》めないのではと不安もあったが、それも全て杞憂《きゆう》だったらしい。

現に、星奈さんがC組に来てから受け取ったラブレターの数、優に十二通。

中には他学年からの手紙もあったが、今のところ星奈さんは全ての告白を律儀に断って回っている。ちなみに理由は不明。好きな人がいるとか言われたら僕は死ぬだろう。

ちなみに告白してきた中には強引な連中もいた。断られた瞬間に彼女の腕を引っ摑《つか》む愚か者もいたが、星奈さんが思わず目を閉じた瞬間に消えてしまっていたらしい。

翌日から登校してきた彼らは別人のように静かになっていたが、どうしたんだろうね。

閑話休題。

場所は図書室。校舎の外には本格的な図書館も施設としてあるわけで、わざわざ放課後に学校の図書室まで来て本を読んでいる物好きは文芸部以外に存在しない。

というわけで、図書室を好き放題できる僕達《たち》は、ちょっとした運動をやっていた。

「あ、雨森く……じゃなかった、師匠！　これでいいかなっ？」

「もう少し腕を下げて。……あぁ、いいんじゃないか？」

汗だくの井篠《いしの》を一瞥《いちべつ》し、僕は本へと視線を戻した。

彼は一生懸命になって虚空へと正拳突きを放っており、その様子を火芥子《ひがらし》さんたちが興味深そうに見つめている。

――一体何をしているのか？

そう聞かれれば、井篠を鍛えているのだと答えよう。

少し前に、井篠から『技を教えて欲しい』と言われたのを覚えているだろうか。

僕はすっかり忘れていたのだが、井篠ってば僕が頷《うなず》いたことを本気にして、今の今までずっと覚えていたらしい。

『能力を鍛えるって言っても……鍛えられないほど怪我人が出ないことが一番だしっ。なにより、頑張って無駄になることは無いんだよ、雨森くん！』

とは彼の言。鍛えたところで僕には追い付けないと思うが……出席番号、一番と二番のよしみだしな。本人が望む限りは付き合おう。

「いやー、井篠氏が修行回に入るとは……」

「あぁ、無理に筋肉をつけることはないぞ、井篠。貴様は三次元において唯一、二次元に近しいものを持つ存在、所謂《いわゆる》、男の娘《こ》なのだから」

「い、言い方がっ、なんだか変な感じするよっ、間鍋《まなべ》、くん！」

正拳突きを放ちながら、井篠は息を荒らげている。

やがて体力の尽きた井篠はその場に膝から頽《くずお》れて、肩を上下に揺らしている。

「はぁっ、はあっ……はぁっ。あ、雨森くん……、う、たがう、訳じゃないけど……本当に、強くなれるのかな……？」

「……どうだろうな。最初に言った通り、三年間じゃ基礎を完成させることも出来ないと思う。黒月《くろつき》のような天才は別だろうがな」

最初、彼のお願いを断るためにそういうデタラメな忠告をしていた。

僕に流派なんてものはない。教える教えないにしたって基礎すら僕は知らない。教えるとすれば拳の握り方、打ち方くらいだが……それにしたって半端な覚悟では身につかない。そう考えての忠告だった。

『半端な気持ちなら最初からやめておけ』と。

まあ、彼はそんな忠告なんて聞かなかったわけだが。

「そ、そうだよね……。でも……雨森《あまもり》くんがカッコイイと思ったんだっ。僕、頑張ってみるよ、ちょっとでも近づけるのなら！」

彼の決意は今も揺るがないらしい。井篠は荒くなった息を整え、再び拳を構えた。

努力に必ずしも成果が伴うとは限らないが……なるほど。少しでも近づくというのが目的ならば、努力は決して裏切らない。必ず、歩んだ数だけ距離は縮まる。

ま、だから何だって話だけれど。僕は星奈《ほしな》さんから借りた本へと視線を落とした。

「……ねぇねぇ、雨森？　ちょっと、お手本見せてあげなよー」

「……お手本？」

火芥子さんの提案に、僕は顔も上げずに疑問を返す。

お手本って言ったたって……ねぇ。見て何かが変わるわけじゃないだろうに。

井篠の不足は、一にも二にもまずは運動能力だ。技を学ぶにしてもその大前提すらできていない。なら、見るより鍛える方がずっと効率的だろう。と僕は考えながら。

「動くと汗をかくだろう。あと、せっかくだから紹介してくれた本を読みたい」

「雨森氏。もしかして思考とセリフが逆になっていませんか？」

まっさかぁ。僕は正直者だからね、本音に近い方を口にしたまでだよ。

僕の発言に、若干苦笑気味の文芸部諸君。

彼らの微妙な空気を無視しながら本を読んでいると――女神の囁《ささや》きが聞こえてきた。

「そ、そうですか……ちょっと残念です。……その、えっと。た、戦ってる時の雨森くんは、なんだか……とってもカッコよかったので」

……カッコ、いい、だと？

生まれて初めて受けたその単語が、雷のように突き刺さる。

気が付けば僕は立ち上がり、ネクタイを緩めていた。

「よし、やるか」

「ちょろすぎでしょ雨森」

ちょろい？　平均的な男子高校生の反応だろうがよい！

僕は腕まくりをすると、井篠の前まで歩いていく。

そんな僕を火芥子さんと天道《てんどう》さんが白けた目で見ていたが、無視する。

「まず井篠。体の構造的に……物理的に、人間の『出力』っていうのは限られる。対して、異能は手っ取り早くその『限界値』を書き換えてくる反則みたいなものだ。だから前提として、生身で異能に勝とうと思わないこと。これを念頭に置いておけ」

「ん？　でも雨森、熱原とか、新崎《しんざき》とか、アイツらとまともに戦ってなかったっけ？」

火芥子さんの疑問が飛んでくるが、その答えは簡単だ。

「たしかにな。威力だけなら熱原と同等までは引き出せるし、一瞬だけでいいなら、新崎の一撃も相殺できる。……だけどそれは、向こうの技術が稚拙なだけだ」

「……ちせつ？」

井篠が話について来れずに困惑している。

「正確には『性能を十全に扱えていない』だな」

熱原も新崎も、まだまだ異能に振り回されているだけ。一学生がいきなり岩をも砕く身体能力を与えられたからって、それを使いこなせるわけがないのだ。

それなら、最初からこの肉体を百%使いこなしてる僕にも勝ち目はある。

そして僕が井篠に伝えようと思っているのは、まさにそれだ。

拳を握る、拳を打つ。その動作における『体を使いこなす技術』を教える。

僕はよく見るように告げて、虚空へと正拳突きを放つ。

その一撃はふわりと風を伴って、二メートル近く離れた井篠の前髪を巻き上げた。

「ふわ……」

「うっわ、凄《すご》いじゃないですか雨森氏！　マンガですよマンガ！　もはやそういう世界の身体能力ですよ！」

驚く井篠と、興奮する天道さん。

二人に苦笑しながら、僕はもう一度拳を構える。

「まぁ、今のが『悪い例』だな。純粋な腕力だけで薙《な》ぎ払っただけだ。筋力さえつけばなんの技術も必要としない。絶対に見本にするなよ」

「……雨森ってさ、思ってたよりヤバいやつだよね」

「あぁ、三次元の中ではダントツだと思うぞ」

間鍋くんたちの話もスルーする。

図書室の出入口を見る。気配は……無いな。扉の外には誰もいないみたいだ。

僕は拳をぎゅっと握りしめ、扉へ向けて拳を構える。

「で、これが井篠が目指す先だな」

——そして、いつも通りに拳を繰り出す。

拳先は空気を潰し、音すら置き去りにした。

遠く離れた扉が勢いよく開け放たれて、近くで見ていた井篠は腰を抜かしていた。

「う、嘘《うそ》……？　えっ？　ま、まさか、風圧で扉ぶち開けたとか……？」

「『全身の筋肉の連結』。足から太もも、腰、肩、腕と、それぞれの箇所で力を乗算して、拳を放つ。これができて初めて、肉体を完全に使いこなしている、と僕は判断する」

ま、めちゃくちゃ難しいけどね、これ。僕もマスターするのに時間がかかったし。

力を順番に流すのはできる。が、それは力を流すだけだ。

この技の肝は、流した先で力をさらに加速させること。

本来は腕力と脚力、その他数か所の筋肉しか用いない『拳』を、全身の筋肉をフルに使ってぶちかます。であれば、その威力は何倍にも引き上がるという計算だ。

ま、こんな小学生が考えつくようなことを頑張って、しまいには形にしてしまう僕もなかなかに馬鹿なんだろうが、結果さえ出れば問題はない。

「『三百あるうちの三割』よりも『百あるうちの十割』の方が出力は高い、か」

間鍋君大正解。そう笑って井篠へ視線を戻す。

まあ、僕の場合は三百あるうちの十割を引き出しているため、何をどうあがこうと井篠は僕には追い付けない。……だけど、純粋な技術なら話は変わってくる。

一動作。それだけでいい。

拳を握る、そして拳で打つ。

それを三年間かけて限界まで鍛え抜く。

そうすれば、僕に迫るか……あるいは超える程度の技量にはなるだろう。

「井篠。改めて言っておくが、かなりの地獄になるぞ？」

僕が問うと、彼は勢いよく立ち上がる。

その瞳には憧憬と感動と、強い覚悟が秘められていた。

「うん！　頑張るよ！」

即答を受け、僕は脳内に彼の育成プランを組み上げる。

さて、これで井篠も、少しは使える戦力になってくれればいいんだが。

「闘える回復職……万国共通、チートの体現者ですね！」

天道さんが、よく分からないことを叫ぶ。

けれど……よく考えたらその通りだ。

殴っても殴っても自分で回復してしまう近接主体。しかも強い。

……もしかして、井篠もそうなってしまうのだろうか？

そう考えると、薄ら寒いものが背中に走って。……いつの日か、完全体になった井篠と戦ってみるのも面白いかもと、少し期待を寄せてしまった。

☆☆☆

「体育祭で、C組をぶっ潰そうと思うんだ」

それと同時期。その男——新崎康仁《やすひと》は、B組の教壇に立ちそう言った。

放課後にもかかわらず、クラスメイトに欠員はない。

全員が自席に座り、黙って新崎の言葉を聞いていた。

「ちょっと、体育祭準備の話し合い、じゃなかったの？」

「まったくもー、いろは、体育祭は言ってみれば気に入らないヤツを潰すためのイベントでしょ？　なら、体育祭準備とはC組を潰す準備、ってことになるわけさ！　たぶん！」

「……あっそ？　まあいいや、よく分かんないけど」

四季《しき》いろはは、興味無さそうに窓の外へと視線を向けた。

かつて、雨森から殴られた少女。体育の授業では苛立《いらだ》ちを前面に出していた彼女も、雨森が搬送されるのと同時に姿をくらましていた。

……それもそうだ。女子だからと暴力とはかけ離れた場所で威張り散らかしていたお山の大将。それが、いきなり暴力の最中《さなか》へと蹴り落とされたのだ。当初は混乱して怒っていても——落ち着けば恐怖が襲ってくる。

彼女はそのまま自室へと引きこもり、一週間経《た》ってからようやく学校へと復帰した。

（……いろは、たぶん雨森相手にはもう使えないだろうね。完全に心が折れてる）

いつも通りのようで、いままでの彼女とは決定的に『何か』が異なって見える。

それを雨森悠人《ゆうと》に対する恐怖の影響だと、新崎康仁は見透かしていた。

「うんうん、いろははそうでなくっちゃね！」

　思ってもいないことを、平然と笑顔で吐き捨てる。

「僕は正しく、間違ってない。僕の考えとわずかでも異なるモノは全てが不正だ。けど、僕は思うんだよ。時に間違いも秩序の中には必要だとね」

　間違いがあるから正しさの証明になる。悪があるから正義の証明になる。

　下がいるから上の証明になる。犠牲がいるから安全の証明になる。

　それら全て、彼の思い描く秩序のために。

「だから、いろは。君は好き勝手にやっていいよ。だって、君の行動もまた秩序のためには正しいのだから」

「ふーん、なら、ちょっと知りたいんだけどさ。あの……あ、雨森だっけ？　アイツはもうどーでもいいんだけど。他の朝比奈《あさひな》と黒月《くろつき》っているっしょ。あいつら、勝てんの？　かなり強そうに見えたけど」

　雨森の名を言う時、目が泳いだ。その様子を見て新崎は確信を深める。

　やはりあの男の存在を避けようとしている。であればわざわざ掘り返すのも野暮だろう。

　新崎はそう判断して口を開いた。

「あぁ……アイツらねぇー。確かに、油断できなさそうなやつらが何人かいそうだよね」

　特に、朝比奈霞《かすみ》。……あの女は相対《あいたい》してすぐ、本能が叫んでいた。

　この女とは、戦うな、と。

それは恐怖であり警鐘。本能が彼女と戦うことを避けていた。

——が、恐怖の先にしか勝利はない。戦いの先にしか勝機はないのだ。

「現時点において、学園に朝比奈に勝る『個』はないだろう。けど、潜在能力まで含めたら、きっと僕の力に勝るものはない。だから、朝比奈は今のところ放置する」

彼が問題視しているのは朝比奈ではなく……むしろ、黒月奏《かなで》についてだ。

「僕が嫌なのは黒月の方さ。目の前でクラスメイトがボコられている。死にかけている。そんな状況で正常な思考ができる人間なんてごくわずかだよ。あの朝比奈でさえ、きっと平常運転とはいかなかっただろうね。けど、黒月奏はなんの憂いもなく、あの瞬間における最善策を選んできた」

朝比奈霞は、まるで自分の意思で雨森《あまもり》を戦わせた……ように騙《かた》っていた。

だが、それは完全な事実ではないだろう。

確実にその裏には黒月の動きがあった。おそらく彼が朝比奈を説得した。雨森を信頼するなら耐えて見ろ——とか。そうとでも言ったのだろう。

状況が異なれば、特に問題視はしていなかった。

けれど、あの状況、仲間が死にかけてる状況で。

朝比奈霞を理詰めで止めつつ、雨森悠人に戦わせ続けた。

それもひとえに——新崎康仁の底を知るために。

（あるいは、黒月も雨森を信頼していた……とか？　どっちにしても反吐《へど》が出る）

お友達。信頼関係、揺るがない絆《きずな》。そんな言葉が新崎康仁は嫌いだった。

そんなのは、絆が崩れる瞬間を知らない奴《やつ》らの戯言《たわごと》だ。

だから、利己的な憎悪をひとつまみ。その上で、新崎は理性で動く。

「万事に共通することだけど、頭脳さえ潰せれば、あとはおのずと崩壊する。だから、ここに定めよう。今回の体育祭における標的は――黒月奏。あの男をぶっ潰すよ！」

かくして、新崎康仁は宣言する。

……だがしかし。

誰の目にも正当に見える彼の言葉に、他でもない新崎は小さな違和感を覚えていた。

（でも、本当に……それだけが問題かな）

それは、本当に小さな違和感だった。

新崎は以前の一件を通し、黒月奏を買っていた。

だからこそ感じた、彼はその程度の人間なのか？　と。

朝比奈霞を前面に出すのはいい。その裏方に回るのも、まだ理解ができる。

それほどまでに、朝比奈霞は傑物だから。

だけど自分なら、決して『裏にいること』を悟らせない。そう動くだろう。

誰からも警戒されない。

それほど素晴らしい武器なんて存在しないのだから。

だからこそ、平然と裏に存在している黒月奏に違和感を覚えた。

しかし……この違和感すら敵の狙い通りだとしたら？

（まだ、読み切れていない策があるのかもしれない）

と、考えてしまった自分に苦笑する。『違和感を抱かせる』というのが本来の目的なら
ば、きっとこの思考まで読まれているはずだ。すると不思議なことに『どこまで読まれて
いるか分からない』という憶測が恐怖を呼ぶ。思考が混濁して混乱を招く。

……実に嫌な相手だ。黒月奏が平然と存在していることが、ここまで嫌だとは。

（絶っっっ対に性格悪いね、これを考えた奴。普通に考えれば黒月かなぁ？）

相手は手ごわいと再認識しながら、新崎《しんざき》は笑みを深めた。

どれだけ相手が強くとも。

どれだけ相手が不気味であっても。

最後に勝てば、それでいい。

「いつだって、勝ち続けたほうが正義なんだぜ、朝比奈霞」

正義に無敗たる由縁は無いけれど。

間違いが必ず正されるという、帰結もない。

始まりが間違っていたとしても、勝ち続ければ正当になり代わる。

勝利こそ全て。嘘《うそ》すら誠に書き換える現代の魔法。

故に新崎康仁は勝ち続ける。そして、自分以外の全てを否定し続ける。

「特に、このイカレた学校システム」

彼は、近くに座っている点在《てんざい》ほのか教諭を見据える。

彼女は実に楽し気に微笑《ほほえ》んでおり。

新崎は、彼女を超えるとびっきりの笑顔で拳を握る。

「覚悟してよね。アンタらを潰すのは……この僕だ」

新崎康仁の目指す場所。

それもまた、この学校の『否定』に他ならない。

☆☆☆

「体育祭……最も気を付けるべきは一年B組よ」

ある日の放課後。朝比奈率いる自警団のメンバーは、一年C組へと集結していた。

そこにいる面々こそが、かつて彼女が語った『自警団の中で常時動いてくれる数名』。

朝比奈、倉敷《くらしき》、黒月の三名が『信頼できる』と判断した数少ない者たちだった。

「一年B組……噂《うわさ》の『笑顔くん』がいるクラスか！」

見上げるほどの巨体が、腕を組みながら呟《つぶや》いた。

彼の名は『堂島忠《どうじまただし》』、三年A組所属のちょっとした有名人だ。

中でも彼を有名たらしめているのが、その強さ。

誰が言ったか『学園最強』。数ある最強論争の筆頭格に彼の名前はあった。

最弱の異能を鍛え上げ、積み重ねた研鑽《けんさん》は、今や加護の能力者さえ屠《ほふ》るだろう。

ちなみにこの男、ドがつくほどの熱血正義男である。一切の裏表なく、清々《すがすが》しいほど正義の味方。倉敷が「これが演技だったら土下座する」とまで言うほどだ。

「そうでござるな。雨森殿があそこまで一方的に屠られるとなると……相当でござるよ」

そう続けたのは、一年C組のクラスメイト、『楽市楽座《らくいちらくざ》』少年。

楽市は王の異能を保有しており、その強さはC組の中でも上位に入るほど。

間違いなく、佐久間《さくま》や烏丸《からすま》といった上位メンバーと同等の力を持っているだろう。

「でも、堂島先輩なら問題なく勝てる。問題はからめ手を使ってきた場合」

近くに座っていた二年生の女子生徒が口を開く。

彼女は『真柄《さながら》めい』。

かつて、熱原《ねつはら》との闘争要請《コンフリクト》の際に審判員を受け持った『生徒会』の役員だ。

彼女は生徒会に身を置きながら、それでも自警団の手助けをすると言い、協力を申し出てきた生徒でもある。学園の息がかかった組織からの立候補ということもあり、当初は朝比奈も疑っていたが、生徒会との繋《つな》がりも自警団が正当性を持つ上では必要となる。

真柄の性格を判断した上で、今では彼女も『信頼できる仲間』と認められている。

「そこは俺が考えます。純粋な読み合いであれば、新崎よりは俺が上でしょう」

「さっすが黒月くん！　頼りになるね！」

そして、黒月と倉敷。今回は出席していないが烏丸冬至《とうじ》や、その他にも多くの生徒が自警団へと加入している。

それはひとえに、この学園の在り方を疑問に思っている生徒が多いからだろう。でなければ、実績も何も無い小娘の元へと二年生、三年生が集うはずもない。

朝比奈は周囲の顔ぶれを改めて見渡すと、クラス内へと視線を向けた。

まだ、多くの生徒たちがクラス内には残っている。

といっても、部活に向かって既にいない生徒たちも一定数居る。現に、雨森は文芸部へと向かったのか既に姿はないし、烏丸も最近入ったボードゲーム部へと向かった様子だ。

「にしても……強そうな輩《やから》がゴロゴロとしたクラスだな。三年……俺たちの時代はこんなにインフレしてなかった気がするが」

「その分、現生徒会長や、貴方《あなた》みたいな化け物がいるでしょう。二年生にも一人気持ち悪いのがいますが……。ええ。平均的には二、三年生よりすごいかもしれません」

堂島と真柄もまた、C組を見渡している。

真柄は熱原との闘争要請を間近で見ている。堂島にしても、三年生の教室からあの戦いは目にしていた。だからあの場で戦った生徒——黒月《くろつき》や佐久間に関してはかなりの評価を下している。……だが、教室の中に二人のお目当ては居ない様子だった。

「で、雨森はいねぇのか、雨森。素手で加護の能力を相殺する化け物だろ？　ありゃ技術じゃ説明がつかねぇよ。ちょっくら挨拶くらいしておきたかったんだがなー」

「……確かに。朝比奈《あさひな》さん、雨森悠人《ゆうと》は自警団へと入れないのですか？　素手であの強さ、異能まであると考えると……このクラスでは最強の人物だと思っていますが」

雨森悠人の【目を悪くする】という異能を知らない二人が口を開く。

それを前に雨森の反応を思い出し、苦笑しつつも黒月は彼について説明をする。

彼の能力があまりにも弱すぎること。

彼が朝比奈霞《かすみ》を毛嫌いしていること。

現に、誘ったがにべもなく断られたこと。

それらの説明をする度に、二人は難しそうな表情に変わってゆく。

「……まぁ、以上のことから、雨森悠人は常識外れな自由人、と思ってください。こうしてクラスに居ないのも、お二人と顔を合わせたくなかったのでしょう。面倒事を何より嫌う男ですので」

「私なんて、まだ名前を覚えられているかも怪しいですし……」

「マジかよ……それだけの容姿、カリスマ、強さもあって、なのに名前を覚えられないって。どれだけ嫌われてるんだお前さん……」

堂島が少し引いたように口を開く。朝比奈は少し傷ついた。

真柄は顎に手を当てて考え込んでおり、かつて見た雨森《あまもり》悠人の姿を思い起こしていた。

「……なるほど。納得できました。本人に意思がなく、異能も……非戦闘系となれば、無理強いするつもりはありません。……とても惜しいとは思いますが」

「はい。今はまだ、雨森くんを勧誘できるだけの信頼も実績もありませんので。それになにより、新崎という男を前に、【此事《さじ》】へ意識を割いている余裕はありません」

雨森悠人についてを、些事と朝比奈はまとめた。

彼への執着を知っているクラスメイトは驚くとともに、嫌でも理解する。

朝比奈は、それほどまでに新崎康仁《やすひと》を危険視、警戒しているのだと。

「楽市君、彼の能力は分かったかしら？」

「難しかったでござるが、大まかな能力ならば」

楽市楽座、能力は【忍の王】。多種多様な戦闘術、隠密《おんみつ》、斥候に長《た》ける力だ。

彼はこの力を利用し、B組の内情について調べていた。

その一部として、新崎康仁の能力の一端を知ることが出来た。

「彼の能力は【神帝の加護】……配下が多ければ多いほど力が増す能力でござる。詳細については調べられなかったでござるが……少なくとも、朝比奈殿と同等、あるいはそれ以上の能力者と見て対するべきでござるな」

「……はぁ、最悪の能力だな、全く」

楽市の告げた事実に、黒月がため息を漏らした。

実を言うと、楽市が調べるよりも先に、雨森からそれらの情報共有はされていた。

新崎の能力の詳細、そしてその程度。当然彼の情報を疑うわけではなかったが——雨森の情報が嘘であって欲しかった、というのが本音だ。

「熱原同様に、新崎もまたB組を完全に手中に収めている。つまり、奴《やつ》の配下は新崎を除いた二十七……いやすまない。B組全員で二十八名ということになる」

「まあ、一人につきどれだけ強化されるのか、って部分にもよるだろうがな。……少なくとも、俺は『神』の加護持ちなんざ嬢ちゃん以外知らねえよ」

三年、堂島がそう告げるほどに、神の名を冠する加護の能力者は数が少ない。

どころか、運が悪ければ一学年に一人としていない可能性もあり得る。

現に、今の三年生に神の加護持ちは存在しない。

「……そも、考え方が間違っているのです。本来、加護の能力者とは一騎当千の怪物を指す言葉。その中でも神の名を冠するなど、本来はあってはならないのです」

「たしかに……。と考えると、C組ってすごーっく有利なんだね！　だって、霞ちゃんの雷神の加護、黒月くんの魔王の加護……それぞれ神と王様がついてるんだもん！」

「……まあ、そうなるんだろうな」

黒月がジトっと倉敷を睨《にら》んだ。

その目は雄弁に語っていた、お前も隠れ加護持ちだろうが、と。

そして雨森悠人。彼もまた確実に神の加護『以上』を保有している。

一切の根拠も証拠も理由もないが、直感的にそう理解していた。

加えて、二人のほかにも能力の虚偽申告者がいるかもしれない。そう考えると……一年C組は、少なくとも四人以上の加護系能力者がそろっていることになる。

(こんなC組と……他のクラスで釣り合いが取れている、なんて……)

A組に在する正体不明の黒幕と。B組に君臨する新崎《しんざき》康仁という怪物。

彼らは、単体で加護能力四人分に匹敵する力を持っている。

……そう仮定すると、否《いや》が応《おう》でも尻に火が付く。

「なおさら油断できないわね。そんな恵まれたクラスの総力と、新崎君は同等の力を持っていると見るべきよ。……私たちは常に最悪を考えて動くべき。違うかしら？」

「……いいや、何も間違ってはいないさ」

朝比奈の言葉に黒月はそう返す。

雨森悠人に、今のところ動く気配は見当たらない。

彼女が自警団を立ち上げた以上、夜宴《やえん》もまた確実に動くはず。だが、彼から何も声がない以上、倉敷と黒月は自警団としてできることを成すしかない。

(……というか)

(あの野郎……今回は朝比奈に全部任せる気じゃねえだろうな)

黒月と倉敷が、嫌な予感にアイコンタクトをとる。

偶然にも二人の想像は一致していて。それが二人の予感をさらに加速させる。

だけど、二人には嫌な予感と同じくらい、期待もあった。

「全てを予測し、全てを読み切る。そうすれば私は決して負けない」

朝比奈霞は、断言した。

その姿には歴戦の堂島でさえ頬を引き攣《つ》らせる。

真柄はどこか楽しそうに口元を緩ませ、二人もまた苦笑する。

二人が知る雨森悠人は、背筋が凍るような化け物だ。まず敵対しようとは思えない。

だが、最近の朝比奈からも鬼気迫るようなプレッシャーを感じていた。

どちらが勝ると、この場では断言しない。それに少女の変化が良いモノかどうかも分からない。……けれど、この変化を全て良い方向に転じることができたなら——。

朝比奈霞が誰かに負けるとは……どうしても思えないのだ。

（まあいいです。試すなら、存分に試してください、雨森さん）

黒月は思う。一度くらいは——あの人の想定ってモノを覆してみたいのだ、と。

☆☆☆

時は瞬く間に流れて、体育祭当日。

「たいいっく、さいだ————————！」

声がでかいことでおなじみ、錦町《にしきまち》が叫んだ。……非常にうるさかった。

誰もが顔をしかめて耳を押さえる中、佐久間が錦町の頭をスリッパで叩《たた》いた。

「あいたぁっ⁉」

場所は選英学園、グラウンド。

競走用トラックを囲うように九つのブルーシートが敷かれている。

その上にはそれぞれ、一年A組〜三年C組まで、九つのクラスが分かれて集まっており、
そのうちのC組のブルーシート上で僕らは集まっている。

スリッパを履き直した佐久間は、大げさに頭を押さえる錦町を一瞥《いちべつ》した。

「声がうるせえ。……が、今日ばっかりは許してやるよ、錦町。……なんてったって、あ

の熱原《ねつはら》と新崎の両方いっぺんにぶっ飛ばせる日なんだからな……！」

佐久間《さくま》は、びっくりするくらいの悪役顔を見せた。

だが、彼が燃えている理由も分かる。なんてったって佐久間は仲間思いのいい奴だ。

熱原には佐久間自身と僕がボコられ。新崎には僕がボコられた。

……あれっ、なんか僕、ボコられすぎじゃね？　とは思うもののここは黙っておく。

「佐久間ー、燃えてんなぁー。まあ、俺も俺で結構やる気入ってんだけどね！」

「お前は女にモテたいだけだろ」

「おっ、俺をなんだと思ってるんだー！」

かっこよさげに拳を鳴らした烏丸《からすま》。だが、心の底が透けて見えたのか、チャラ男撃沈。

彼は心外だと言わんばかりに叫んでいたが、見た目がチャラすぎるので誰も相手にしていない。……錦町という不動のいじられキャラが居りながら、時に、クラスカースト第二位でさえいじられキャラへ落ちるのか……。まるで魔境だな、クラスカースト最上位。

「で、お前ら、自分の出る競技、ちゃんと練習してきたんだろうな？」

佐久間が皆へと問うたので、僕を除いた全員が頷《うなず》いた。

――選英高校、体育祭。

全十種目から行われる、丸一日かけた大掛かりなイベント。

種目の中にはそれぞれ、リレー、玉入れ、障害物競走など、ベタな競技も多々……じゃないね、少々あって、残る大半は『ちょっと頭おかしいんじゃないの？』って感じのイカレた競技で構成されている。

そして、僕はその内一つの競技を任されていた。

「一つの競技で一位になれば、300万ポイントだ。つまり、全員で分けても一人頭10万。全種目で優勝した日なんかには、全員が100万ゲットの超チャンスだ」

佐久間の言葉にクラスが沸く。

各競技、一位が300万、二位が200万、三位が100万、それ以降はポイント無しとなっている。つまり、三年生まで含めた中で、上位三クラスの中に入らなければ一ポイントももらえないのだ。酷《ひど》いシステムにもほどがある。

ちらりと周囲を見れば、ほとんどのクラスがやる気なのは見て取れる。

その中でも異質なのは……一年A組だろう。

熱原永志《ながし》が先頭に立ち、他の生徒は全員等しく顔を俯《うつむ》かせている。

やる気の欠片《かけら》も見当たらない……というか、コレと言った感情も見当たらない。

ちらりと朝比奈嬢を見れば、A組の様子に顔をしかめている。

個人的に、この体育祭あたりで仕掛けてくるんじゃないかとソワソワ……もとい、様々な対策を取っていたんだが、あまり意味はなかったかもしれないな。

どうやら、今はC組とB組の対立を見て楽しんでいるらしい。

となると、B組との決着がつけばいよいよ危ないということになるが……まあ、その時はその時だろう。新崎との戦いを経て、朝比奈《あさひな》嬢が想像を超えて成長してくれればいいんだが。そんなことを考えていると——ふと、女神の足音が聞こえてきた。

「あ、雨森くん……」

振り返ると、緊張した面持ちの女神が佇《たたず》んでいた。

それはまるで湖のほとりに君臨した妖精のようで。

まるで全てを優しく抱擁する母なる大地のよう。

言葉にすることで彼女の存在を形にしてしまうのが勿体《もったい》ないことこの上なし。

ということで、僕から言えることは一つだけ。

体育着姿の星奈《ほしな》さんは、いつにも増して可愛《かわい》かったです。

「どうしましょう……すごく、緊張しています」

「運命だな、僕もなんだ」

僕も体育着姿の星奈さんを前にして緊張しています。

そんな内情を察したか、火芥子《ひがらし》さんが僕の肩に手を回してくる。こらっ、女の子が男子にベタベタするのやめなさい！　勘違いするでしょう！

「はっはーん。星奈部長、やめたげなよ。雨森はただでさえ星奈部長が大好きなんだからー。体操服姿なんて見せたら脳死ものだよー」

「その通りだ」

「……へっ？　じょ、冗談です、よね……？　は、ははは……」

もはや告白！　僕の決死の肯定を、彼女は真っ赤な顔をして受け止めた。

いや、これは受け止めてもらってないのかしら？

僕の淡い恋心は彼女の元まで届かなかった様子である。無念。

星奈さんは赤く染まった顔を両手で扇《あお》いでおり、チラチラと僕の方へと視線を向けてくる。恥じらってる姿もまたあはれ。

「……雨森《あまもり》、もうちょい表情出していこーよ。せっかくの告白が冗談にも見えちゃうよ」

「それは困るな」

火芥子さんとそんなことを話していると、星奈さんがくすりと笑った。また冗談に聞こえたのだろうか？まぁ、星奈さんの緊張を解《ほぐ》せたのなら告白した甲斐《かい》もあった。

「ありがとうございます。

「どーいたしましてー。まぁ、星奈さんもあんまり緊張しないで頑張ろ。雨森なんて、クラス全員から優勝間違いなしと期待されちゃってんだから」

そんな風に火芥子さんが笑って、星奈さんもつられて笑う。

そんな二人からさりげなく距離を取ると、たまたま背後に黒月《くろつき》の姿があった。

……いや、もしかしたら狙ってこの位置に居たのかもしれないな。

計ったようなタイミングで彼から念話が飛んでくる。

(雨森さん。ついに体育祭ですが……良かったんですか? 僕や倉敷《くらしき》さんは、自警団としては最善を尽くしてきました。ですが、夜宴は一切動いていない)

(……察してなかったか? 今回、新崎に関しては朝比奈に全てを任せたんだ)

黒月。お前や倉敷なら気付いているかと思ったが?

そう返すと、彼はその答えを想定していたのかあっさりと言葉を返してくる。

(はい。……ですが、いいんでしょうか? 新崎康仁《やすひと》は強いですよ。もしも熱原の時に続いて、二連敗までしてしまったら、きっと朝比奈さんは——)

最後まで聞くことなく、僕は背後を振り返る。

僕の目を見て、黒月が肩を震わせた。

(心が折れるのなら——それまでだろう。朝比奈霞《かすみ》はここで捨てる)

(……っ!?)

これでも我慢した方なんだぜ。霧道《きりどう》の躾《しつけ》も出来ず、熱原には挑発に乗り自爆。

二連続。普通の相手ならここで切っていた。だけど僕は三度目の機会を与えてる。

今回も僕の期待に添えなければ……その時は鞍替《くらが》えするだけでしょ。

そこに執着も情けも介入する余地はない。

ただ、事務的に朝比奈霞を使い捨てる。

（……その時は黒月、お前に朝比奈霞の代わりを頼もうか？）

（そ、それは……）

出来ないとは言わせない。だって、お前は僕が見込んだ男だ。

万が一つにも出来ないとほざくのであれば、お前もまた僕の期待を裏切ることになる。

そして、その時。僕の内情を、夜宴の実態を知っているお前は確実に【排除】しなければならなくなる。……言ってること、お分かり？

（……っ、さすが。僕らは貴方《あなた》が一番怖い）

（そうか。褒め言葉としてもらっておこう）

排除が、退学どころじゃ済まないと、きっと彼は理解している。

その上での返答に、僕はなんの感慨も抱かなかった。

感情なんてのは雨森悠人《ゆうと》には不要だと、僕はずっと昔から知っている。

『さぁーて！　会場も盛り上がって参りました！　それでは、そろそろ恒例の、開会式！　行ってみましょーか！』

どこからか、元気のいい声が響いた。

どうやら、開会の時間のようだ。

グラウンド中心から大きな爆発音が響き、クラッカーの中身が周囲へとばら撒《ま》かれる。

かくして、第三回、体育祭の幕が上がる。

まだ見ぬ二年、三年生と、僕らを潰そうとするB組、新崎《しんざき》康仁。
客観に走るA組と、そして、僕らC組。
僕ら全員が参列する体育祭は、これが最初で最後。
来年は三年生も居なければ、きっと状況だって大きく変わっているはずだ。
だから今は、思う存分今年の体育祭を楽しもうと思う。
「さて、お手並み拝見といこうか」
それは、誰に向けた言葉でもない。
けれど黒月の表情は、いつになく緊張に染まっていた。
まもなく生徒たちは整列を始め、開会式が始まった。
僕は開会の挨拶を聞きながら、三年生、二年生の方へと意識を向ける。
この挨拶が終われば、直《す》ぐに一種目目が始まるらしい。
しかも初《しょ》っ端《ぱな》から大胆不敵に非体育。
完全に体育祭じゃないよね、明らかに文化系の部活だよね、って感じの種目です。
と、言うわけで。
学園長からの挨拶が終わり、僕らは再び自陣へ戻る。
そしてまもなく、体育祭、第一種目の幕が切って落とされた。

「ということで――第一種目『神経衰弱』、ですッ！」

神経衰弱。

そう、トランプを一枚ずつ捲《めく》っていって、最終的に誰が勝つのかな、っていうアレだ。

うん、体育でもなんでもないよねって発言はよそう。

諦めなさい、この学園はちょっと頭おかしいんだよ。

いつのまにか、グラウンド中心には大きなテーブルが置いてある。

その上には数セットのトランプが裏向きでびっしりと並べられており、その机の前へと九クラスから、それぞれ九名の代表が集まっていた。

その中でも、C組が最も警戒しているのはB組の代表についてだろう。

「なるほど……いきなり出てきたか、B組、新崎」

第一回戦から、B組は新崎康仁を出してきた。

というか、ルールには同じ人物の選出制限なんてものは無い。つまるところ、最初っから最後まで、全種目に同じ人物を出すことだって可能なわけ。ならC組を潰したい新崎にとって、全種目に登場することにはなんの憂いも迷いもないだろう。

「これは……ええ。想定はしていたけれど、少し厄介ね」

近くにいた朝比奈嬢が顎に手を当てて考えている。

だけど、この第一回戦に関しては問題あるまい。

だって『新崎康仁は、星奈蕾《つぼみ》へと危害を加えられない』のだから。

「すぅ、はぁ……。き、緊張します……」

一年C組、代表——星奈蕾。

彼女は胸に手を当てて大きく深呼吸している。その様子を見た新崎はぴくりと眉を動かしたが、やがて興味をなくしたように違う方向を向いた。

いかに新崎といえど、闘争要請《コンフリクト》に定めた内容を破ることは出来ない。

結果は絶対だ。校則では破った途端に退学とされている。僕らという標的を残したまま、彼が退学することは無い。……とくれば、星奈さんは必ず安全ということになる。

なる、のだが……。

「心配か？」

「……間鍋《まなべ》君」

声が聞こえて隣を見れば、間鍋君が立っていた。

二次元にしか興味のない彼だが……だからといって三次元が嫌いという訳では無いのだろう。彼の瞳にも、星奈さんへ対する心配が見て取れた。だが。

「——いいや、心配はしてないさ」

僕の言葉に、彼は少し驚いていた。

「……それは驚いた。よほど星奈部長を信頼しているのだな？　しかも……この競技に星奈部長を推薦したのは雨森、貴様だ。……それは勝算があっての事か？　あるいは……星奈部長を安全そうな競技へ出場させるためか？」

彼の言葉には、少しだけトゲがあった。

そりゃあ確かに、星奈さんは大切だ。だから勝敗を無視して安全そうな競技に送り込んだ……とか、そんなこと言われたら怒るだろうね。

だけど、問題ない、安心してくれ間鍋君。

「悪いが本気だ。僕も金は欲しいんでな……一回戦は本気で勝ちにいく」

現に、新崎康仁にもやる気が見えない。きっと、彼にも分かっているのだろう。

この第一種目、勝つのはきっと――

☆☆☆

「悪いわね、一、二年生。この競技は私の一人勝ちよ」

三年B組代表の女子生徒は口を開いた。

グラウンドの中心。テーブルを囲うように集まっていた残る八名の生徒は女子生徒へと視線を向ける。ある者は不機嫌そうに、ある者は不思議そうに。

そして彼女の能力を知っている者は、諦めたように。

皆が彼女の方を向いていた。

「あぁ？　んだよアンタ。ゲーム前に心理戦でもお望みか？」

「いいえ、二年C組。私は事実を言っているまで。この戦いにおいて……悪いけれど、私の能力は最強が過ぎるの」

彼女の名は、木奥鞍山《きおくあんざん》。

戦闘系の能力者では無いため、あまり有名ではない女子生徒だ。

だが、彼女の能力は一部の分野において圧倒的な力を誇る。

「……チッ、言ってやがれ。負けた時は知らねぇぞ」

二年C組の男子生徒が呆《あき》れたように呟《つぶや》いて。

そして、第一種目、神経衰弱が開始となった。

『これより神経衰弱を開始します！　それでは一年C組から、一年B組、一年A組、二年C組と、順番にトランプを捲っていってください！　なお、ペアを揃《そろ》えると、もう一度チャレンジすることが出来ます！　まぁ、通常の神経衰弱と同じルールですね！』

司会進行役の生徒が改めての説明を行う。

その生徒の声に応じて、緊張気味の星奈蕾《ほしな》がテーブルの前へと進み出る中、三年B組の女子生徒、木奥は自信を崩さない。

「なるほど。聞いていた通りね。トランプは三セット、通常行われる量の三倍。つまるところ、記憶しなければいけない量もそれだけ増えるということ。……全く、普通ならば困難極まりないゲームね」

「……チッ、さっきから……なんだてめぇ、俺らに対して揺さぶりのつもりか？　それとも単に自分の能力でも自慢したいか？　ああ？」

三年Ｂ組と、二年Ｃ組の代表二人が睨《にら》み合う。

その中で、奇跡的に一発でペアを揃えた星奈は、司会進行役から大きな賞賛を受けつつ、緊張気味に息を吐いていた。

「ええ……そうね。気に障ったのなら謝るわ。ただ……勝ち目がないと予《あらかじ》め教えておきたかったのよ。勝算のないゲームに必死になるのもバカバカしいでしょう？　まぁ、二位、三位を狙いたいなら話は別だけれど。少なくとも、一位は諦めておきなさい。親切心から言っておくわ」

「まあまぁ、木奥さん。そう煽《あお》らない」

圧倒的な自信を胸に腕を組む木奥。

そんな彼女へと、三年Ａ組の代表から声がかかった。

その代表は、一見、どこにでもいるような黒髪の青年だった。

されど、その青年はこの学園において最も有名な生徒と言っても過言ではないだろう。

「……ッ、最上《もがみ》生徒会長!?」

彼はあまりにも普通で、影が薄かった。

自然とその場に溶け込みすぎていた。

だからこそ、今になって『生徒会長、参戦』という事実に気づいた出場者たちは大いに驚き……されど、木奥の自信は揺るがなかった。

「あら、生徒会長……。貴方みたいな人が神経衰弱だなんて、珍しいこともあったものね。ただ悪いけれど、たとえ貴方が相手でも手は抜かないわ。生徒会長ならば、私の能力もお分かりでしょう？」

彼女の言葉に生徒会長は頷《うなず》き。

そして、木奥は実に嬉《うれ》しそうに声を上げた。

「そう、私の能力は【絶対記憶】！　見たもの、感じたものを決して忘れぬ知将の才！」

「な――――ッ、そ、そんなのありかよ……！」

木奥の言葉に、多くの生徒が目を見開いた。中には歯を食いしばる生徒も居たが、彼らは元々彼女の能力を見知っていた者達《たち》だろう。

「これだけの枚数……捲られた全てを把握しなければ攻略は難しい。常人ならばそれだけで神経をすり減らすでしょう。だからこその神経衰弱。だけど私は、そんなことで摩耗する神経なんて持ち合わせちゃいないのよ！」

木奥鞍山は、見たもの全てを記憶できる。それは戦闘にはまるで役立たない能力だ。

けれど、こと神経衰弱においてこれほど有利な能力はない。

最上生徒会長もまた、それは分かっているのだろう。

分かった上で、その青年は穏やかな笑みを浮かべ続けていた。

「うん、どんな時でも手は抜かないで欲しい。それが他者へ対する敬意だからね」

彼はまるで、波一つない水面のようで。

——既に全てを諦めてしまった、廃人のようでもあった。

その様子に数人の生徒が舌打ちを漏らすが、生徒会長の雰囲気は変わらない。

相も変わらず穏やかに、彼は現実を見据えていた。

「それにさ。僕に勝つのは……どうやら君じゃないらしい」

「…………はっ？」

生徒会長、最上の言葉に。

木奥は一瞬固まって……そして、大歓声が耳に届いた。

驚き、彼女は現実を見る。そして、限界まで目を見開いた。

「な……ッ!?」

『す、凄《すご》いぞ一年C組、星奈蕾！　これで十四ペア連続だぁぁ！』

司会進行役の声に、理解が追いつかない。木奥は驚きから帰ってくることが出来ず、その姿に苦笑した最上生徒会長は、星奈蕾へと視線を戻した。

「これは……運がいいとか、そういう言葉じゃ片付けられないね。……ねぇ、一年B組の新崎康仁《しんざきやすひと》くん。彼女の能力はなんなんだい？」

「えー？　上から目線とかうっざー！　ちょっと、なんかいけ好かないんで話しかけないで貰《もら》えますかー？」

穏やかな笑顔の生徒会長へ、新崎は真正面から満面の笑みで喧嘩《けんか》を売った。

彼の返答にはその場にいた誰もが硬直したが、生徒会長だけは例外だった。

「なるほど。見知らぬ場所で嫌われていたみたいだね。以降、気を付けるとしよう」

「うっわ気持ちわるっ！　生徒会長さぁー、そーいう感じのお利口さん、僕、大嫌いなんですよねー。見てるだけで胸糞《むなくそ》悪くなるんですー。退学してくれません？」

「はは、それは嫌かな。ごめんね新崎くん」

それは、優しくて、穏やかな謝罪だった。

まるで、親が子供にする『格好だけ』の謝罪のよう。

──まるで相手にされてない。そう気づいた新崎は舌打ちを漏らす。

「けっ、嫌になるねー。これだから上に立つ人間は」

「さて、本題に戻るとして……彼女の能力はなんなんだろう？」

二人が話している間にも、星奈の手は止まらなかった。

迷う様子など一切なく。

真《ま》っ直《す》ぐに伸びた手は、正解のペアを摑《つか》み取る。

それはまるで、伏せられたトランプを全て把握しているような。

いや、それは正しくない。きっと、これは――。

☆☆☆

「――【星詠《ほしよみ》の加護】」

僕の言葉に、近くにいたクラスメイトたちが反応した。

その中には朝比奈《あさひな》嬢の姿もあり、彼女は驚いたように僕を見る。

「そ、それって――」

「星奈さんは、あまり能力というものに興味が無い。だから、誰にも言わないし誇らない。けど、誇らないから大したことがない、という訳では決してない」

星奈蕾。彼女もまた、れっきとした【加護】の能力者。

そしてその能力は、正しく『ぶっ壊れ』ってヤツだ。

「【使用後一時間以内に、目の前で起こる全事象を予知する】」

とクラスメイトには説明するが、厳密に言えば、無数の可能性から望む未来を選び取る能力だ。間違いなく、新崎や四季《しき》と並んでB組の最高戦力と呼べる逸材だろう。

さすがに戦闘能力は皆無だろうが、仮に闘争要請《コンフリクト》の直前でこの力を使われたのなら、C組に勝ち目など無かったかもしれない。……ならば、何故《なぜ》新崎はこんな切り札を捨てたのか気になってくるが、そこら辺の裏事情まで気にしていては何も進まない。

今重要なのは、その手札が既に切られているということだけだ。

「まさか……雨森《あまもり》、知っていたのか？」

間鍋《まなべ》くんが、呆れたように口を開いた。

下手に【目を悪くする】なんてハズレ能力者を知っているだけあって、本人が話したがらない＝弱い能力↓詳しく詮索しない方がいい、みたいな流れが出来てたね。

でも、残念、彼女は決して弱くないんだ。

強さの新崎、切り札の星奈。そしてもう一人、交渉役の四季。

B組は彼ら三人の優秀さで成り立っている。

そこから戦力が引かれて――今のB組戦力は半減以下だろう。

四季にしたって、僕が相手だと使い物になってないと思うからな。

僕の視線の先で、星奈さんは最後のペアへと手を伸ばす。

絶対記憶も、運の良さも、引きの強さも何もかも。

未来を勝手に決められる。

それを前には、無力も同然。

他クラスの代表者たちが地面に頽《くずお》れ、生徒会長が微笑《ほほえ》ましそうに佇《たたず》む中。

星奈さんは、全てのペアを、一度の間違いもなく引き切った。

『な、なんということでしょう！　第一種目、第一位は、一年C組！　ぶっちぎりの、全ペア揃えて勝利したあああああ!!』

星奈さんはぴくりと震えると、困ったような笑みを浮かべる。

普段は冗談だが、今回ばかりは『勝利の女神』という言葉を彼女に贈りたい。
二、三年には勝てないと思われた体育祭。
一つでも入賞出来れば万々歳だと思われていたはず。

それを一発目から覆し、圧倒して見せた。

僕は遠くの星奈さんへとサムズアップすると、彼女も恥ずかしそうに拳を返す。

その姿にC組が歓声に包まれて。

星奈さんは、恥ずかしそうに、嬉しそうに笑うのだ。

「……C組に、馴染《なじ》めてないのでは、と少し心配していたが……」

「杞憂《きゆう》だろう。僕ら文芸部のリーダーだぞ」

僕と間鍋くんは顔を見合わせ、互いに笑う。

さあ、体育祭は始まったばかり。

朝比奈に協力しないと決めたが、クラスに貢献しないとは言ってない。

まずは一勝。余裕ぶら下げてる上級生たちの横っ面をぶん殴った形だ。

次からは彼らも全力で競技に臨むだろう。

僕らの二倍、あるいは三倍も長く異能を鍛え続けてきた上級生たち。

経験の差は見た目の年齢以上にかけ離れているはず。

——だが、実力だけなら。このクラスが大きく劣っているとは思わない。

「行くぞ間鍋君。下剋上《げこくじょう》だ」

「ああ。——と言っても、俺は今回参加しないがな」

安心してくれ。僕も一競技しか参加しないから。

☆☆☆

その後の競技でもC組の快進撃は続いた。

第二種目、『玉入れ』。第一種目から一転して普通の競技だった。

C組から参戦したのは朝比奈、黒月《くろつき》を含めた生徒数名。

開始と同時に朝比奈が周囲の玉を全て集め、黒月が転移魔法で一気に玉を放り入れるという鬼畜の所業。C組は当然のように入賞を果たした。

だが、そこは二、三年生の意地か。そんなC組すら三位入賞。

我らC組の鬼畜コンボよりも早く大量に玉を放り入れた猛者が二クラスもあった。

と言っても、入賞は入賞。本気を出してきた上級生を相手にまともに戦えている時点で及第点と言えるだろう。――だが、問題なのは次だった。

第三種目――『虎倒し』。

読んでその名の通りイカれた競技だった。

用意された屏風《びょうぶ》の中から虎が三匹飛び出してきます。虎を倒せた先着三人の順番がそのまま順位です、という動物愛護団体に真正面から喧嘩を売るような内容だ。

まあ、屏風の中から虎を取り出すというのも、相応の異能があれば実現可能かと思っていたが――そこで僕を驚かせたのは、出てきた化け物の形姿《なりかたち》だった。

一言で表すと『マンティコア』。

ライオンと山羊《やぎ》の双頭。鳥類の翼と、蛇頭の尾を持つ化け物である。

虎要素どこ行った、と全力で叫びたかったが……それよりも、そんな化け物が実在していることに僕は驚いた。現実にあんなのが存在しているとは思えない。であれば、学園が最新技術とやらで作った、と考えるのが妥当かな。

「くっそおおお！　あと少し早けりゃぁ！」

C組から参加したのは佐久間《さくま》。結果は『第二位』入賞。凄《すさ》まじい戦果だ。

熱原《ねつはら》に負けてからというもの、佐久間は異能を徹底して鍛えていた。

その成果がこうして表に出た……というのに、彼がここまで悔しがっている理由。

それこそが第一位の相手――一年B組、新崎康仁にあった。

虎倒し、という名前から『普通の虎相手ならスピード特化の異能力者でしょ』と考えた他クラスをあざ笑うかのように、最高戦力を惜しげもなく投入した結果だった。

スピード特化故に攻撃力に乏しかった他クラスが手こずる中、一人だけ超速度、超火力でマンティコアを瞬殺。文句なしの第一位だ。

その戦闘能力を見た朝比奈嬢が難しそうな顔をしていたが、僕は蚊帳《かや》の外なんでね。今回はのんびりと見学させてもらいますよ。

逆に僕が問題視しているのは――第二位が二人いた、ということだ。

第二位――一年C組及び、一年A組。

完全なる同着。奇跡的にも程がある、コンマ一秒の誤差もない同殺。

ちなみにA組からの参加者は――なんと、あの熱原永志《ながし》だった。

「チッ、お山の大将と同着かよ。手ぇ抜き過ぎたか」

「はっ、吠《ほ》えてろ糞《くそ》熱原！　負け惜しみにしか聞こえねぇぜ！」

遠くで呟《つぶや》いていた熱原の挑発に佐久間が乗っかる。

だが、もとより熱原の【熱鉄の加護】は重いが故に速度が一番の弱点でもあった。

にもかかわらず、この順位。

ようは、熱原は自分の不得意分野で佐久間と戦い、引き分けたわけだ。

相変わらず、反則の塊みたいな男だな。なんだったらC組に引き抜きたいくらいだ。

……まあ、あの女がA組に居る時点で無理だろうけど。

僕はA組へと視線を向ける。目につく範囲に目立つ『白髪』の姿は無いが……どういうつもりだ？　体育祭では静観するものだと考えていたが、ここに来て熱原を動かすとは。

そうこう考えていると、熱原がA組自陣へと戻る際、近くを通りかかる。

お互いに用事はないだろうと考えていたが。

――ふと、熱原は僕の隣で立ち止まった。

「一つ、ウチの姫さんから伝言だぜ。クソ野郎」

そんな言葉が聞こえて、間もなく。

ふわりと、視界の端に白髪が揺れた。

僕を取り巻く空気が変わる。暑苦しい青空の下に一転して、清涼な風が吹く。

まるでこの場、この空間だけが別世界に書き換えられたような、強烈な違和感。

そこは目と鼻の先。

いつの間にか、熱原の隣を小さな少女が歩いていた。

「――静観するのはいいですが。やはり、敗北するのは気分が悪いのです」

間合いの内側。真っ先に判断したのは『殴れるかどうか』という部分だった。

拳を全力で握る。拳から血の気が引き、腕に血管が浮かび上がる。

熱原、新崎《しんざき》。彼らに向けるようなものではなく――本気で殺すためだけの一撃。

それを用意しておきながら……結局、僕は何もすることはなかった。

「……あら、勿体《もったい》ない」

彼女は僕の拳へ向けてそう言って、再び歩き出す。

振り返れば、既に白髪の少女の姿はどこにもなくて。

僕は強烈に固めた拳を、指一本ずつ解《ほぐ》していった。

……油断など無かった。だが、その少女を相手にして、そんな言葉は言い訳だ。

僕があの距離まで気づけなかった。なら、僕の落ち度だろう。

今更、攻撃なんてみっともない真似《まね》はできない。

「……一筋縄では、いかないか」

「えっ？　どうしましたか、雨森くん」

近くにいた星奈《ほしな》さんが反応したため、僕は首を横に振った。

「いいや。相手も強いな、って。なかなか星奈さんみたいにはいかないみたいだ」

そう誤魔化して、僕は少し歩き出す。

先ほどよりも一、二段階引き上げた僕の警戒網は、ある男の接近を知らせていた。

僕は近くにいた間鍋《まなべ》君を捕まえると、彼の背に隠れる。

不思議そうな目で僕を見ている間鍋君と星奈さん。

そんな二人も、その声を聞けば不思議が納得に変わるだろう。

「うーむ。やはり能力者は強いなぁ！　俺のような直接的な戦闘系異能を持たない生徒は、こういう場面で出遅れるらしい！」

その言葉に、C組全員がそちらを見る。

錦町《にしきまち》に負けず劣らずの大声。錦町に比肩する巨漢。錦町に匹敵する馬鹿っぽさ。

もう錦町本人なんじゃないかと疑いそうになるが、唯一強さだけはまるで別格。

三年A組、『近接最強』と名高い、堂島忠《どうじまただし》が僕らの近くにやってきていた。

彼は周囲を見渡している。なにやら誰かを探している様子だが……お目当ての生徒は見つけられなかったらしい。結局、彼は佐久間や朝比奈《あさひな》嬢の方へと向かった。

「いやー、負けた負けた。完敗だぜ、一年C組！　まさか、第三種目。ぜーんぶ一年生にぶんどられちまうとは思わなかったけどなぁー」

というのも、先ほどの虎倒し。実はこの堂島先輩も参戦していたのだ。

「いえ、どうやら二、三年生は、強さよりも速さに重きを置いていた様子。虎、つまりは現実的な生物を倒すのに、力よりも純粋な速さを取るのは正しかったのでしょう。……今回は、学園側の性格が悪かっただけかと」

朝比奈の説明に顔をしかめる。おい、僕の考えてたことと丸被《まるかぶ》りじゃねぇか。やめてよね、まるで僕と朝比奈嬢の思考回路が似てるみたいでしょ。

「はっ、朝比奈の嬢ちゃんも言葉が上手えなァ！　年上の顔を立ててくれて嬉《うれ》しいったらありゃしねぇ」

そう言って、堂島先輩は大きな声で笑った。

そんな彼へと、佐久間が近づいていくのが見えた。

「堂島さん。悪いとは思うが、謝らねぇぜ。真剣勝負で俺が速かった。……そりゃ、純粋な強さだったらアンタには敵《かな》わねぇと思ってはいるが――」

「わーってるさ。勝ったなら勝ったで堂々と胸を張れ！　なにも不正があったわけじゃねぇんだ。お前は正々堂々、近接最強の男を上回ったんだぜ！」

佐久間のどこか割り切った発言に、堂島先輩は優しく笑った。

彼は佐久間の頭を軽く小突くと、手をヒラヒラと振って自陣へと戻っていく。

その際に、朝比奈嬢の隣を通った堂島先輩は、彼女へと何かを告げて行ったように見えた。自警団も絶賛活動中、っていうことかな。

「さて。佐久間くんが第二位と、素晴らしい結果を残してくれたわ。一種目目の星奈さん、二種目目の黒月君たちと……三度入賞を続けてきた。なら、この勢いのまま総合優勝まで目指しましょう！」

朝比奈嬢が拳を掲げ、クラスメイトたちがそれに倣った。

一年C組をイケイケムードが包む中、僕は配布されたパンフレットを開いていた。

僕の出番はまだだが……次の競技も気は抜けない。

次の競技では新崎の待ち望んでいた『なんでもあり』が許されている。

次の第四種目──展開によっては、この競技で全ての決着がつくかもしれない。

『さぁ、第四種目は『王将倒し』！　一クラス五人のチームを組み、チームの王将が戦闘不能になったら負けの、なんでもありのサバイバル、です！』

遠方では、新崎が楽しげな笑みを浮かべている。

対するA組は……と視線を向けて、僕は顔をしかめる。

遠目に見る限りでも酷《ひど》いメンツだ。真面目に勝負する気もないのだろう。

これは勝負決まったかな、と内心考えていると、視界の端で朝比奈嬢も動き出す。

「……私は次の競技……確実に新崎くんが襲ってくると考えているわ。だから、予《あらかじ》め決めていた通り『最強の布陣』で臨みましょう」

朝比奈嬢は、自ら率先して一歩を踏み出し。その背後に、残る四人が追随する。

……もちろん、先程戦ったばかりの佐久間や、今後の競技に向けてまだ異能を隠しておきたい烏丸《からすま》なんかは選ばれていない。だが、彼らを除けば間違いなく最強の布陣と呼べるものが揃《そろ》っていた。
朝比奈霞《かすみ》【雷神の加護】を始めとして。
黒月奏《くろつきかなで》【魔王の加護】
倉敷蛍《くらしきほたる》【？？？　の加護】
楽市楽座《らくいちらくざ》【忍の王】
真備佳奈《まきびかな》【機翼の王】
ちなみに楽市くんは、忍者のコスプレした変な生徒で。
真備さんは倉敷の大親友のギャル。異能が強い以外に特に印象もない生徒だ。
ちなみに、倉敷の能力詳細は未《いま》だに分からない。いい加減教えてほしいものである。
まあ、それをアイツに言ったら『お前が教えてくれたら教えてやるよ』とでも言われそうだから言わないいんだけどさ。
「……最後の確認だけれど、蛍さん。今から臨むのは危険な競技よ」
「だからこそだよ！　誰もやりたくないことには率先して手をあげる。それが委員長ってものでしょ？」
倉敷はそう笑って、『王様』の目印になるハチマキを頭につけたのだろう。
王が戦闘不能――つまりは、ハチマキが外れた時点で失格、敗北となる。簡単なルールだけあって、そのルールの裏なんて……狡賢《ずるがしこ》いヤツならいくらでも考えられる。

「倉敷さん」

近くを倉敷が通ったため、声をかける。彼女は少し驚いたように僕を見上げたが……その瞳を見下ろして、少し考え、言いかけた忠告を飲み込んだ。

「んっ？　どーしたのさ雨森《あまもり》くん」

何かアドバイスでも……と思ったんだが、よく考えれば言葉一つで何かが変わるわけでもない。それに、こいつだって僕からの忠告なんて求めてないだろう。

「……いや、悔いなく戦ってきたらいい」

「……？　まあ、そのつもりだけど？」

不思議そうな倉敷を送り出し、やがて合計九クラス、四十五名がグラウンドに集う。

全競技の中でも最大の人数が、殺気にも似たものを滾《たぎ》らせて戦闘態勢を整える。

「雨森、今回の戦いはどう見る？」

近くの間鍋君が問うてくる。見れば、僕らの周囲にはいつの間に文芸部が勢ぞろい。

どうやら、唯一戦えるメンバーとして所感を求められているらしい。

「さあな。……ただ、C組が勝てるとは思ってないよ」

僕の言葉に周囲がぎょっとする中、無慈悲にも競技の幕が切って落とされる。

『それでは、第四種目――王将倒し！　スタートです！』

司会による開始宣言。真っ先に動いたのは――やはり新崎だった。

「待ってたかいがあったね！　ようやく君たちを潰せるみたいだ！」

新崎は、他に一切目もくれずC組へ迫った。

その速度は明らかに僕と戦った時以上。手抜きで相手されていたことにちょっとイラっと来るが、よく考えたら手加減されてても入院したんだよな僕。

よかったぁ、手加減されてて。心の底からそう思った。

僕がそんなテキトーなことを考えていた、その時だった。

「相手が誰だか、忘れてないかしら？」

――雷鳴が、轟《とどろ》いた。

黄色い稲妻が新崎の体を貫く。

あまりの衝撃、あまりの轟音《ごうおん》に新崎の体が大きく吹き飛ぶ。

彼は目を見開いて倒れ伏し、それを朝比奈霞が見下ろした。

「悪いわね、新崎くん。今回は私が出てるの。意味分かるかしら？」

「は、はは……。とんだ、化け物じゃん」

今まで、朝比奈霞が戦うことは無かった。

だからこそ、誰もが想像の中でしか考えていなかった。

雷神の加護。神の名を冠する以上、強いのだろう、と。

だが現実は、僕らの想定を軽く超えてきた。

強過ぎる。あの新崎《しんざき》をも一瞬で、一撃でぶっ倒した。

えっ、なに、もしかして僕、とんでもないヤツにストーカーだの正義の味方（笑）だの言ってたの、あなた？……うん、次からちょっと、態度を改めようかしら。

そんなことを考えていると、新崎は勢いよく立ち上がり、朝比奈へと拳を振るった。

「なんでもあり……なら、ぶっ殺してもいいんだよねぇ！」

「お好きにどうぞ。マトモに触れるものなら、ね」

新崎の拳が唸《うな》りを上げる。だが、朝比奈霞には掠《かす》りもしない。

彼女は一瞬にして新崎の背後へと回り込むと、再びその体へと雷を放った。

閃光《せんこう》と共に新崎の体が痙攣《けいれん》する。

常人ならば一撃目で意識が飛んでいてもおかしくない。

それを新崎は二発も受けて、それでもなお攻撃に転じた。

「ふ、ふはは、はぁッ！」

「貴方《あなた》……防御力まで上がっているの？」

あまりの耐久力に、朝比奈嬢は驚いていた。だが……いや、それだけじゃない。

新崎の受けていた傷がみるみるうちに癒えてゆき、数秒後には完全無欠に無傷へ戻った新崎の姿があるばかり。

「……っ！　そ、それは……」

「霞ちゃん！　う、噂《うわさ》なんだけど、身体強化能力と……自己回復能力みたいな。複数の能力を保有した力、っていうのもあるみたいなんだ！　た、たぶん、新崎くんのはそういう能力だと思う！」

噂っていうか、それお前の能力だよな？

そう思ったが黙っておく。それに、新崎の能力は――そのさらに上だろうしな。

「やっだなぁ、僕はただ、下から力を徴収しているだけだよ。身体能力、耐久性能、精神力、肉体の回復力……そして、【異能】の力を！」

「ま、まさ、か――ッ」

朝比奈嬢は驚き、その場から飛び退《すさ》る。

直後、新崎の体から飛び出した刃が朝比奈嬢のいた地面を抉《えぐ》り、その場にいた大勢の生徒が驚きに目を見開いた。

新崎の異能は【神帝の加護】。その力の本質は、彼が言う通り『力の徴収』にある。

自分を格上と認めるあらゆる存在から、持ち得る【力】を全てコピーし、自分のものへと還元する。もちろん、格上でありながらも『敵』と考えている僕ら他クラスの人間には通用しないが――それは、同じクラスの生徒たちには馬鹿ほど通用する。

「星奈《ほしな》と、あといろはもいたね。僕を敬愛しない二人と僕を除いて、今の僕には、二十七人分の筋力、二十七人分の耐久能力、二十七人分の移動速度、そして二十七人分の異能。

「その全てが加わってるんだよね！」

　これぞ、新崎の持つ最強の力。

　目に見える身体能力でさえ、彼の力の本質とは呼べないだろう。

　配下の数によって際限なく異能を複製、使用する。それが新崎康仁《やすひと》の力の正体だ。

「刃を生み出す異能、盾を生み出す異能、浮遊する異能、姿を隠す異能。精神攻撃の異能、人の上に立つ異能、召喚魔法の異能、重力魔法の異能、魔力を無限大にする異能、相手の敵性を判断する異能、錬金術が使える異能、体を硬化させる異能、霊が見えるようになる異能、見ただけで相手を凍らせる異能――等々」

「な、なんて力を――」

　朝比奈《あさひな》嬢は歯を食いしばっているが、その顔に驚きはない。

　嫌な予感が的中した、という感じかな。けれど、問題はこの先だろう。いくら可能性を論じたところで、その先を考えていなければ『読み切る』とは言えないんだから。

「あははははははははっははは！　いいよ、実にいい！　順序は変わったけど、君なら君で別に構わないんだ！　全身全霊で君を潰して、C組をぶっ壊してやるよ！」

　新崎は満面に狂気を浮かべ。朝比奈嬢たちは、危機感に顔を曇らせる。

　誰もが、彼らの一触即発の雰囲気に目を向ける。

　他の対戦者にしたってそうだ。

あまりの物々しさに、一瞬だけ、誰もがそちらへ目をやった。

それは責めることも憚《はばか》られる、小さすぎる不注意。

僕は、瞼《まぶた》を閉ざしてため息を漏らす。

誰もがC組とB組の戦いに目を向けた。


――その瞬間に、全てが終わっていたのだから。


「………………は？」

誰かが呟《つぶや》いた。

気がついた時、全てのハチマキが消えていた。

それはもちろん、倉敷や新崎のハチマキも例外ではない。

まるで最初からなかったかのように。

幻であるかのように、瞬く間に消失した。

その光景には、朝比奈嬢や新崎でさえ驚いている。

油断なんてなかったろう。警戒心を限界まで引き上げていただろう。

それでもなお、格が違い過ぎた。

『な、なんっ……何が起こったー!?　い、【一年A組】！　今の一瞬で全てのハチマキを

『……王を倒しているッ！』

全ての視線が、そのクラスへと向かう。

わざとらしく、A組の生徒たちの前には無数のハチマキが積み上がっていた。

朝比奈嬢は、王のハチマキをつけていた倉敷を振り返る。

倉敷の目は限界まで見開かれ、朝比奈嬢も驚きと共にハチマキの山へと視線を戻す。

……見えていたのは、僕だけか。

「――あの、化け物が」

競技開始に先立ち、奴《やつ》は全てのハチマキを回収した。

そして、全てのハチマキを回収した状態で準備が進んだ。

誰も『王』のハチマキなんてつけていないのに、誰もがつけていると錯覚していた。質量を持ってそこに『在る』と考えていた。

それは、ここにいる人間、全員がそう錯覚していただろう。

だからこそ、司会進行役の生徒は競技の開始を宣言し。

その瞬間に、勝敗が決していた。

「……嘘《うそ》でしょ？」

あの新崎でさえ、笑顔が引き攣《つ》っていた。

あえて錯覚を解くのを遅らせたのは、新崎や朝比奈嬢の力を探るためか。

A組へと視線を向ければ、参加者の中に白髪赤目の少女がいた。

誰より強く、誰より賢く、誰より気高く。

常勝の道を歩き続けてきた少女にとって——わざと敗けるというのも難しい。

……静観中、というのは何だったのか。

まるで少女は、『これくらいはできますよ』と言わんばかりに。

真《ま》っ直《す》ぐに僕の方を向いて、楽しそうに笑っていた。

☆☆☆

続く第五種目、『障害物競走』。ここでは火芥子《ひがらし》さんが活躍した。

——火芥子茶々《ちゃちゃ》。異能名【現実把握】。

周囲三百六十度、五十メートル以内にある全ての事象を把握するという、戦闘向きではないにせよ、十分すぎるほどのチート能力である。

彼女は能力を用い、ありとあらゆる障害を突破。

見事入賞を果たしたのだが……そこは、流石《さすが》の二、三年生。火芥子さんをも上回る猛者が二人も居たため、火芥子さんは第三位という結果になってしまった。

そして、第六種目、『借り人競走』。

ここでは朝比奈嬢と倉敷《くらしき》の二人が活躍してくれやがった。

詳しく語ると頭が痛くなるので割愛するが、色々とあったね。わすれさせてください。

「いやー、私にしては頑張った方じゃん？　ねぇ雨森《あまもり》？」

「あぁ、さすがは文芸部の次期副部長だな」

「ふっ、副部長は、雨森くんですよっ！」

僕の言葉に星奈さんが頰を膨らませる。とても可愛《かわい》い。

そんな星奈さんに微笑《ほほえ》ましさを覚えていると、ついに第七種目がやってきてしまった。

――そう、いよいよ僕の出番である。

『さーて！　続きまして第七種目は体育祭の花形――騎馬戦、です！』

僕を含めたC組の参加者、計四人がグラウンドへと集う。

メンバーとしては、僕と佐久間《さくま》、烏丸《からすま》、そして錦町《にしきまち》。

もう一度言おう、錦町である！

「わっはー！　すごいなすごいな！　テンション上がってきたぞ！」

ものすごい大声が聞こえて、僕らは眉をひそめる。

騎馬戦において必要なのは、騎馬の強さと、上に乗る者の技量である。

そこで、C組屈指のトリックスター、烏丸冬至《とうじ》を上に乗せることは決まったのだが、残る騎馬を誰がやるかで非常に悩んだ。

身体能力の高い僕や佐久間はすぐに決まったのだが……如何《いかん》せん、僕らに匹敵するパワーの持ち主がなかなかどうして見つからなかった。

――ただ一人、錦町という男を除いて。

「錦町……お前、勝手に突っ走るんじゃねぇぞ」

「わかってるよぉ！　頑張るから見ててくれ！」

「じゃあまず、声のボリュームを下げるところから始めてくれ」

「分かった!!」

声のボリュームが上がった気がした。

まぁ……錦町も錦町でかなりイロモノというかポンコツというか、アホだが、ガタイだけはこの中で一番デカい。比較すると僕よりも二十センチ以上は大きいだろう。

体格こそは最高の天性である。事実、騎馬としての性能はピカイチだろう。

『改めてルール説明です！　騎馬戦のルールは簡単！　騎馬の上に乗る大将がつけている『頭の上の風船』を割られたら脱落です！　異能は大将のみが使用を許されます。それ以外のメンバーが異能を使えば、その時点で失格となりますのでご注意ください！　あと、騎馬から落ちても失格です！』

「……難しいなぁ、雨森分かるかぁ？」

「異能を使うな、烏丸を落とすな。以上だ」

錦町。問題は致命的にアホな点だが……まあ、そこらへんは上手《うま》く動かすさ。

『それでは皆さん、準備はよろしいですか！』

僕を先頭に佐久間と錦町で騎馬を組み。大将として烏丸が僕らの上に座り込む。

「よーし、そんじゃ、カッコイイとこみせたるかー！」

烏丸が、大将としての掛け声を上げる。

だが、この競技もそう簡単にはいかないだろう。

なんて言ったって、一年C組は今までの競技全てに入賞している。

第一種目、神経衰弱【第一位】

第二種目、玉入れ【第三位】

第三種目、虎倒し【第二位】

第五種目、障害物競走【第三位】

第六種目、借り人競走……これも【第一位】だった。

定期テストの結果はまだ出ていないが……あまり点数の振るわなかった生徒からすれば心の底から嬉《うれ》しい臨時報酬だろう。だが、それも上級生からすれば面白くない。

せっかくの臨時ボーナスを、ぽっと出の一年生にかっさらわれているわけだ。

……ここらで、『分からせ』に来るだろうというのは軽く想像がつく。

「一年C組だ！　あのクラスを潰せ！」

「他のクラスも忘れるなよ！　だが、C組は一年生でも特に生意気にも入賞しまくってる奴らだ！　ここで一回、徹底的にぶっ潰せ！」

「戦じゃあああああ！　突撃突撃ィ！」

「……うっわぁ。大人気じゃん。俺ら」

多くの敵意を受け、上で烏丸が呟いた。

僕は問題の一年A組、B組を見るが、橘《たちばな》や新崎《しんざき》が参戦している様子はない。ならば上級生へと警戒を割いた方が賢明かな。

「ま。いっか！　全員倒すことには変わりないでしょ！」

「随分と余裕だな……。まあ、テメェの異能なら問題ねぇだろうがよ」

「にっしっしー！　俺らの秘密兵器、ついに出動だぁ！」

佐久間が苦笑し、錦町が笑う。気づけば開始時間はすぐ目の前まで迫っていた。

司会の生徒がマイクを片手に大きく息を吸い――

『それでは、競技開始です！』

――その瞬間、怒号と共に多くの生徒が僕らへ迫る。

あからさま過ぎる一点狙い。上級生としてはずかしくないんですか！

「烏丸、騎馬は僕らに任せろ。並の相手なら蹴り潰してやる」

「物騒だな！　ま、信じて任せるぜ親友！」

烏丸は両手を広げると、見たことも無い黄金の弓を生み出した。

彼が大きく弓を引き絞ると、黄金の矢が生まれ落ちた。

「おお、今回は弓矢なのか！」

錦町が驚いたように声を上げ、烏丸は矢を撃ち放つ！

それは敵チームの頭の風船目掛けて飛んで行ったが、すんでのところで回避され、相手チームを止めるには至らない。

「はっ！　弓使いなんざありふれた能力！　そんな雑魚《ざこ》を大将にするとは、一年C組もとうとう弾切れってわけか！」

弓を回避した相手チームは、嘲笑を浮かべて突撃してくる。

だが、烏丸は勝利を確信していた。

「おや、誰が弓使いなんて言いましたか、先輩？」

笑った烏丸は、僕らの上から消え失《う》せた。

その光景には迫っていた全てのチームが唖然《あぜん》とする中。僕は、先程のチームの背後まで【瞬間移動】した烏丸の姿を見据えていた。

「はい一人目ェ！」

烏丸の回し蹴りが相手チームの風船を砕き割る。

驚きに彼らが振り返った時、既に烏丸の姿はない。

ずっしりとした重さと共に上を見れば、そこには烏丸冬至の姿が戻っている。

「相変わらず……なんでもありの能力だな」

「あぁ、俺の能力はそういうもんだぜ！」

烏丸がキメ顔と共に指でピストルのマークを作ると、同時に風船の破裂音が響いた。

そちらへと視線を向ければ、先程烏丸が放った矢が風船を割ったところだった。

……そりゃあ、躱《かわ》せないよな。

外れた矢が、自動的にホーミングして戻ってくるなんて。

「【絶対に外れない弓矢を生み出す能力】と【瞬間移動できる能力】だ。どうですか先輩方。他にもご要望があれば頑張りますけど」

「な、なんっ……なんなんだあの男！　異能の複数持ち!?　どうなってやがるんだ！」

そりゃあ確かに。最初に見せられた時は驚いた。正直顎が外れるかと思った。

だってこの男は、無数の異能を使い分けているのだから。

「俺の能力――【虚《うつ》ろの王】、自分が願った異能になる力」

彼の言葉に周囲が愕然《がくぜん》とし、騎馬の足が止まる。

背後で佐久間が苦笑を漏らし、錦町がにししと笑う。

ありとあらゆる能力へ化ける異能。

もしかすると、強すぎる力には変化出来ないのかもしれないが、それにしたって限りなく全能に近い万能だろう。……本当に、頭の痛くなる能力だ。

「強いぞー！　烏丸は！　なんてったって、最強の王系統能力者だかんな！」

「止《や》めい、錦町。そんなこと言って負けたらかっこ悪いだろー」

錦町の言葉を受け、烏丸が冗談交じりにそう返す。

……けれど錦町の言っていることは酷《ひど》く正しい。

だって烏丸冬至の持つ力は、誰がどう考えても加護の域にあるのだから。

「ま、頑張ってくださいよ、先輩方。攻略ヒントは、複数の異能を同時に使用できないってことですかね！」

「う、嘘《うそ》つけこの野郎！　さっき放った矢が残ってただろう！」

上級生からの返答に、烏丸は舌を出して悪戯《いたずら》っ子《こ》のように笑った。

これこそが、C組において黒月《くろつき》に次ぐ最強の男、烏丸冬至。……もしかしたら熱原《ねつはら》との闘争要請《コンフリクト》も、なんならこの男が一人で勝利していたかもしれない。

それほどまでの力、才覚。チャラそうに見えても、この男はバカほど強い。

「さーて、これで瞬間移動はもう使えないな。初見ならまだしも、さっきみたいな転移は確実に対応されると思う。伊達《だて》に上級生やってる訳じゃないでしょ」

「瞬間移動はけん制か。相変わらず性格悪いな」
「はっはー！　大胆不敵と言い直してくれ給《たま》えよ雨森！」
烏丸がそう答えるのと同時に、多くの騎馬が再始動する。
上級生が二騎減って、計四クラスの合同軍が一斉に僕らへと押し寄せた。
それを見た錦町が早速動き出そうとしていたが——がっしりと腕を捕まえる。
この騎馬戦。金がかかっているなら勝つつもりで最初から動く。
そのために、事前に佐久間と錦町には一つ作戦を告げていた。
『迷わず僕の後ろについてこい。目の前の敵は僕が蹴散らす』
ド脳筋。しかし、シンプルイズベストという言葉もある。
結局僕が選んだのは——ごり押しで数の暴力を蹴散らす方法だった。
既に、敵騎馬との距離数メートル。佐久間と錦町から焦りが伝わる中。
僕は、普通に前足を蹴り抜いた。
——瞬間、弾《はじ》ける衝撃と、解ける騎馬。
一撃で目の前の上級生騎馬は解体され、部品だった生徒が散らばる。
「次」
短く呟《つぶや》き方向転換。相手は目の前で騎馬が崩壊したのを見て固まっている二年生。
僕は騎馬の最前列に居る男子生徒の足を払う。

騎馬の先頭がすっころぶと、自動的に騎手の頭が下がってくる。

そこまでお膳立てすれば、烏丸《からすま》なら見逃さないだろう。

「はい四組目ぇ！」

烏丸は右手に作り出したハリセンで、敵騎手の頭部をぶっ叩《たた》く。

頭部の風船は跡形もなく吹き飛んで、その組も敗北。

「す、すげぇな……おい」

「そうなんだな！　雨森《あまもり》も烏丸もすごく息が合ってるんだな！」

こんなチャラ男と息が合っててても何一つ嬉しくないんだが。

僕は微妙な顔をしながら、次の騎馬を蹴り飛ばす。

これで五クラス逝った。残るは一年A組、B組と、上級生の一クラス。

このままいけば問題なく入賞できるだろう。やったね！

しかし、周囲に残っている騎馬を確認すると……そんな喜びも吹き飛んだ。

「――烏丸、上空へ飛べ」

「……へ？って……嘘だろッ!?」

咄嗟《とっさ》に判断したのは緊急回避。

僕が告げた次の瞬間、巨大な何かが僕らへ向かって突っ込んできた。

感じたのは強烈な衝撃と激痛。最近僕ってばこんな目に遭い過ぎてませんかね。

烏丸は両腕を翼に変えて上空へと飛び上がり、完全にバラバラになった僕ら騎馬は、地面に膝をつき、短期突撃してきた男を見上げた。

「よぉ、やっと会えたな、雨森悠人《ゆうと》。ずぅっと、探してたんだ」

「ちょ！　ちょちょ、な、何でアンタが……！」

そこに居たのは、烏丸自身も所属している『自警団』のメンバー。

見上げるほどの巨体。筋骨隆々とした肉体は対するだけで威圧される。

佐久間《さくま》が分かりやすく顔を顰《しか》め、錦町《にしきまち》がほえーっと顔を上げる。

……まあ、参加者一覧表を見た時点で、こうなるだろうとは察していたさ。

いくら会わないように動いていても、避けられない時は必ずやってくる。

「さぁ、雨森悠人。どっちが強いか比べてみようぜ」

——自警団、堂島忠《どうじまただし》。

筋力の塊、素手でコンクリートをぶち抜くようなゴリラ人間。

最弱の異能を持ちながら、それでも近接最強と名高き怪物。

……思いっきりキャラ被《かぶ》ってんだよなァ、と僕は大きく息を吐く。

「自警団って言うのは……ストーカー気質の集まりなのか？」

類は友を呼ぶとあるが、なんでこう、面倒くさい輩《やから》が多いのかねこの学校は。

そして、なんでそういう輩に限って僕の近くに寄ってくるかな。

「ん？……あぁー、表向き、俺が戦いたいからってのはアレだからな。なんかチョーシ乗ってる一年坊主に灸《きゅう》を据えるのにやってきた、堂島忠だ！　特に佐久間と言ったか？　虎倒しでは俺からポイント強奪しやがって……さっきまでは特に腹も立てていなかったが、俺は何故《なぜ》か怒っている！　勝負だ！」

「め、めちゃくちゃだよ、アンタは！」

全く怒っていないように見える。というか、事実何一つ怒っちゃいないんだろう。

彼が佐久間との勝負後に言った通り、佐久間が正々堂々戦い勝った。それが全てだ。

負けたからと言ってどうこう言うのは……堂島風に言うと『男らしくない』はずだ。

それを……僕と戦うこじつけに、わざわざ曲げてきやがった。

「烏丸、この人は……戦闘狂なのか？」

「大正解！　大方……雨森が近接強いから、戦ってみたくなっちゃったんだろうさ！」

上空の烏丸が、立ち上がった錦町の肩の上へと降り立つ。

前方を見れば、ごきりごきりと拳を鳴らす堂島先輩。……って、あれっ？　なんで両腕空いてるわけ？　騎馬戦って、そういう感じの競技じゃなかったよね？

驚いて彼の背後を見るも、他の生徒は見当たらない。

見えるのは……堂島先輩に肩車されている小さな幼女の姿だけ。

「よぉーし！　いいぞ、堂島！　そのままぶっつぶすのじゃー！」

「千波《せんば》、あまり暴れないでくれ、落ちたら雨森と戦えなくなるだろうが」

千波……と呼ばれていた幼女は、彼の言葉を受け、その頭へとぎゅっと抱きついた。金髪だし、制服も着てるし、のじゃロリだし……この学校はなんでもありだな。

「烏丸ぁ！　ちょっとそこで待ってやがれ！　ちょーど、雨森が身軽になってくれたんだ！　ちょっと殴りあってみるからよ！」

「ま、待ってくださいよ!?　えっ、騎馬一人とか、そんなのアリなんですか！」

『アリです！　騎馬が崩れても大将が地面に落ちない以上、騎馬の部品が何してよーと自由になってます！　あ、でも異能は使えませんのでお気をつけて～』

何たる理不尽、やめてくれよ頼むから。

司会進行役の女子生徒から声が飛び、――直後、堂島先輩が襲いかかってくる。

僕は姿勢を低くして彼の両手を躱すと、勢いそのまま、彼を転ばせるように低空回し蹴りを放った。……放ったの、だが。

「うぉっ、危ねぇ危ねぇ」

「……アンタ、本当に人間か？」

僕は、思わず本気で聞いてしまった。

えっ、今のは本気で転ばす気だったんですけど。どうやったら今の蹴りをくらって、それでも何事も無かったように立っていられるんでしょうかね？

「あ、雨森！」

「佐久間。悪い、少し時間が掛かりそうだ」

「い、いや……お前、勝てんのか!?　お前も十分おかしいが、アレは……やべぇなんてもんじゃねぇ！　俺でも分かる！」

勝てるか勝てないかを言うなら勝てるのだろうが、それは本気を出した場合の話。

この男はおそらく、肉体に掛かっているリミッターが外れているんだ。

人間の体には制限が掛けられていて、常時は性能の三割程度しか扱えていない。

火事場の馬鹿力、というのがまさにそのリミッターが外れた状態。

極限状態においてのみ、発揮できる肉体のフルスペック。

——それをこの男は、いとも簡単に引き出していた。

闘気、とでも表現すべきだろうか？　彼の体中から迸《ほとばし》る、目に見えない何か。

大地を這《は》うように、空気を突き刺すように。

肌がひりつくような何かが、僕へ向かって一直線に放たれている。

現代日本で、こんな感覚も稀《まれ》だろう。

この男。明らかに、人間の元来使える『三割』に収まってない。

この男は——間違いなく僕と同類だ。

「あ、雨森！」

佐久間の叫び声が聞こえた。驚いて現実を見れば、眼前へと拳が迫っていた。

咄嗟に頭を傾《かし》げて拳を躱《かわ》すと、思いっきり頬が裂けた。

「随分余裕な顔してるな！」

「眼科行け」

先輩相手に敬語を使う余裕もない。

伸びた肘へと肘打ちをぶちかますと、衝撃とともに堂島の顔が歪《ゆが》む。

すぐさま姿勢を低くすると、地を這うように堂島忠へと接近する。

だが相手も対応が速い。すぐさま目の前へと前蹴りが迫った。

「――ッ」

咄嗟に回避して後方へと飛ぶ。

しかし、直撃よりはマシだが……回避も悪手だったろう。

「ふんなぁっ！」

強烈な右ストレート。普通なら届く距離ではない。が、堂島忠は普通ではない。

彼は体格という天性の才能を持っている。腕も足も常人よりずっと長く、ゆえにこそ、いつも通りに考えていると、彼の『間合い』を読み違える。

通常であれば限界だろうと判断する場所から、その拳はさらに『伸びる』のだ。

眼前へと拳が迫る。その威力を察し顔をしかめた。

体勢的に回避も不可能。逆に、まともに相殺したらこっちの骨が砕けそうだ。
僕は色々と諦めると、全身から力という力を全て抜き落とす。
顔面へと深々と彼の拳が突き刺さるが……余計な力は一切入れない。加えない。
力の方向に全て身を任せ……脱力から一気に加速。衝撃と威力の全てを喰《く》らった。
僕の体は大きく吹き飛ばされ……たように見えた。周囲から悲鳴も上がったしな。
けれどダメージはゼロに近い。せいぜい鼻血が出たくらいかな。
数メートル吹き飛んだところで、音もなく着地する。僕が体育着の裾で鼻血を拭くと、
それを見ていた堂島忠は嬉《うれ》しそうに笑っていた。
「すげぇな……おい。一層気に入ったぜ！」
「悪いが、男色の気は無い」
僕は星奈《ほしな》さん一筋なんでな。
そんな戯言《たわごと》を吹く余裕もなく、堂島忠は襲いかかってくる。
今再びの、拳。これは躱せるだろ、と言わんばかりの左の一閃《いっせん》。
威力も『比較的』弱く、食らったところで程度の知れてる一撃だが……。
「よし」
一言呟いて。拳を躱すと同時に。
拳の『戻り』以上の速度で、堂島忠の懐へと飛び込んだ。

腕や脚の長さ……つまるところリーチの有利。それは堂島忠の武器でもある。
だが、距離さえ縮めてしまえばそのリーチの長さが仇《あだ》となるはず。
——普通ならば、そうなるはずだ。
さて、誰もが認める近接最強、果たしてどう対応する？
好奇心へと身を投げた僕と、堂島の視線が交錯し——彼は笑った。
ふわりと、堂島の体がさらに後方へと飛び退《すさ》った。
「分かってる、それが最善だ。なら、当然策は考える」
彼が僕以上の速度で下がったことで、僕の体は間合いの内側へと入った。
なるほど、これ以上ないくらい完璧な対応だ。賞賛すると同時に警鐘が脳内に響く。
まるで斧《おの》のような右の蹴りが僕へと迫る。咄嗟の回避は……難しいか。
僕はまたも受け流そうと動き出すが、先ほどとは込められた威力が違う。
まぎれもなく、堂島忠の全力全霊。
「ハァッ!!」
脚の一振りを、両腕で受け止める。
——骨が、ビキリと悲鳴を上げた。
「ぐっ……！」
あまりの衝撃に、空中で体勢を崩しながら地面に激突。

そのまま何度かバウンドしながら勢いを殺すと、すっかり荒くなった息を整え、膝に手を当て立ち上がる。……振り返れば、堂島は嬉しそうに笑っていた。

さて、軽い手合わせで程度は知れたし、あとは満足してもらうだけだが——

「今ので倒せねぇか！　俺が一年の時はそんなに強くなかったぜ！　こりゃあ、お前が三年になった時は、今の俺よりずっと高みにいるんだろうな！　嬉しくって仕方ねぇ！」

嬉しい。彼が発したその言葉に嫌な予感が膨れ上がる。

「なにが、そんなに——」

「嬉しいだろうよ！　お前なら俺を超えられる！　ならこれは運命だ！　お前なら、お前だからこそ俺の正義を後継出来る。俺の代わりに学園の平和を守り続けられる！」

堂島忠は、笑っていた。

……正直言うよ、愕然《がくぜん》とした。

他人の意見なんざ聞きもしないで我儘《わがまま》言ってる上級生。

ガキみたいな他人を見て、こんな人間が居るのかと愕然とした。

「……嫌ですね」

「そりゃ悲しい。俺はお前を自警団に入れたいと思ってるんだが」

それは既に断った。そして僕の拒絶は彼にも伝わっているはず。

だって、他ならぬ黒月《くろつき》から『説明した』と聞いたから。

だから、そう言おうとして——。

「ちなみに断っても諦めん！　それが俺だ、諦めろ！」

清々《すがすが》しい程の理不尽に、思わず笑った。鼻でだが。

なんなんだ、この人は。強いし、アホだし、脳筋で戦闘狂だし。

でも不思議と、この男の言葉を疑おうとは思わない。

……なるほど、こういうのが【正義の味方】と呼ばれるのか。

誰の目にも正しく見えて、どこを切っても清々しくて。

僕とはまるで正反対。……そりゃあ、正義の味方で当然だ。

「はぁ……戦う気力も失《う》せてきますね」

「それは困る！　戦おうぜ雨森《あまもり》！」

彼はそう言うが……やっぱり遠慮したいかな。退院してしばらく経《た》つとはいえ、医師からは「しばらくは絶対安静にしておくように」と言われている。

それに、戦って分かった。お前との戦闘において学ぶべき点は一つもない。

好奇心は既に薄れた。なら、これ以上の戦いは『目立つだけ』と判断する。

金は惜しいが……それ以上に、僕は堂島忠《どうじまただし》から離れたかった。

僕は助けを求めて佐久間《さくま》たちを見る。

「くっ……雨森！　命が第一優先だ！　誰も、お前をボロボロにしてまで勝ちてぇだなんて思ってねぇんだからよ！……烏丸《からすま》！」

「くっそぉー、堂島先輩、恨みますからねマジで！」

佐久間は決断し、烏丸は自分の風船へと手をかける。

僕は両肩から力を抜いて、息を吐く。

これで……第七種目は僕らの敗退となるだろう。

続く第八種目は『腕相撲』。

ウチからは最も体格で勝る錦町《にしきまち》が出場予定だ。

確かに錦町なら、運が良ければ入賞することも夢じゃないだろう。

だけどきっと、この人には敵《かな》わない。

「なんだ！　もしかしてこれで終わりかよ……」

残念そうな堂島先輩。

その目からは『遊び足りない』という感情が透けて見える。

「ま、いっか。雨森！　お前が自警団に入るって言うまで、俺はお前のこと、絶対に諦めないからな！　悪いがそれは諦めろ！　がっはっはっは！」

その笑い声に、絶望さえ覚えた。

地面が崩れゆく錯覚を覚え、落下する自分を幻視した。

——気に入らない。ふと湧いた僕の本音。

話せば話すほど身に染みる、堂島忠の『正義』としての在り方。
常に正しく、誰にでも平等に、正義を盾に暴論を振るう。
暗い泥の中で生きるような人間だって、無理やり手を引き光へ連れ出す。
本人の意思なんてさらっと無視して、明るい方がいいと笑い飛ばす。
ああ、そうか。そうだった。
……あの男も、そういう風に生きていた。
彼の振るう正義があの男に被《かぶ》るから。
だから僕は、その姿に苛立《いらだ》っている。
別に朝比奈《あさひな》が嫌いなわけじゃない、堂島が嫌いなわけでもない。
ただ、その生き様に虫唾《むしず》が走る。
そもそも正義も悪も【在り方】を指す言葉だ。
それを、正義の味方とか、悪の代行者だとか。
そんな『職業』に移してしまえば、それはただの自己満足に成り下がる。
あの男も、最後まで正義の味方を捨てられなかった。
どこまで行っても自己満足を貫いた。
――だから、死んだ。
あの男こそ生きているべき人間だった。

僕こそが、生まれてくるべきじゃなかった人間だ。
人は平等ではない。
決して当符号では結ばれない。
比べれば必ず優劣が表れる。
だというのに、自分より劣るものを拾い上げ、自己犠牲を善しとした。
その自己犠牲が、どれだけ多くを傷つけるかも知らないくせに。
『――あとは、頼むよ』
かつて聞いた言葉が蘇《よみがえ》り、握りしめた拳から血が滲《にじ》む。
……ああ、やっぱりそうだ。
僕はこの男を認められない。その正義を認めているが故に、認めたくない。
僕がこの男を肯定してしまえば、あの男が『正しく死んだ』と認めることになる。
それだけは、この命が消えたとしてもあり得ない。
「…………はぁ」
さて、どうしよっか。僕は深く息をつき、楽観的に考えることにする。
深く考え始めると、僕はきっと熱くなる。現に、ちょっとイライラし始めてるし。
このまま進むと、僕は堂島を殺すだろう。
それはまずい、よろしくない、落ち着くべきだ――と、分かってはいるんだけどなぁ。

……堂島忠は笑っている。

別に気にすることではない。

彼がどう動こうが、それで阻害される程僕は甘くない。

理性はそう結論付ける。

しかし、ほんのひと欠片《かけら》。

雨森悠人《ゆうと》の本性が、堅固な無表情を貫き漏れた。


——その笑顔、ぶっ壊してやりたいなぁ。って。


気が付けば、堂島の笑い声は止《や》んでいた。

彼は目を見開いて僕を見ている。

僕は大きく息を吐き、真《ま》っ直《す》ぐに堂島忠を見据えた。

「——ッ」

なにを感じたか、彼はゾッと体を震わせて。

僕は、彼へと問いかけた。

「冗談キツイな。潰されたいか、堂島忠」

何気ない問い。

それに対して、堂島の全身から冷や汗が吹き出した。

「は、ハハッ、こりゃあ——想定以上」

彼の言葉が耳に届いて、僕は優しさ満面に先輩へと提案をする。

「時に。堂島先輩。【本気の雨森悠人】ってヤツと、戦ってみたくないですか？」

既に、この男にさほど興味はない。

だが、それは異能を使わない堂島忠だ。全力の『最強』相手ではない。

ならそれを確かめてみるのも一興だろう。——と、自分へと言い聞かせる。

本音を言ってしまうと、これは雨森悠人の暴走だ。

否定したくて潰したい。なんともまあ……理性とはかけ離れた行動だ。

我ながら『らしくはない』が、ここで退《ひ》けば後悔が残るだろう。

であれば進むさ。後悔が残らないように。

「そりゃあ、願ったり叶《かな》ったり」

彼の言葉に僕は頷《うなず》き、自陣に向かって歩き出す。

「今夜七時、この場所で」

それだけ言えば、伝わったろう。

この場でやり返さない僕の心情。あえて誰も居ない場所を選んだ理由。

そこら辺も察せないなら、本気で戦う価値もない。

僕は、最後に振り返る。
既に僕らは敗北者。敗者が勝者に贈る言葉なんて、せいぜい負け惜しみくらいだろう。
本気を出したら、お前なんかには負けないんだぜ、と。
僕は精一杯の言い訳を贈る。
「――徹底的に壊してやるよ」
侮られようが、見くびられようが、他人の評価など興味もない。
それはお前も同じだろう？　正義の味方、堂島忠。
生身でその域まで達したこと、称賛に値する。
であれば僕は、お前の『努力に』最大限の敬意を表する。
そしてお前の過去を、積み上げた努力を認めた上で。
お前の存在を認めた上で――いや、認めてしまったからこそ。
僕はお前を……正義の味方を、否定したい。

第四章　正義の味方　朝比奈霞

「あ、雨森《あまもり》くん……腕も足も、骨折れてるよ!?」

騎馬戦終了後、治療中に井篠《いしの》の叫び声が響く。

そして、錦町の絶叫が轟《とどろ》いた。

「あ、雨森！　大丈夫なのかぁ!?　ご、ごめんよおおおお！　お、俺が、俺がもっとしっかりしてたら……！」

「いいや、お前のせいじゃない。心配してくれてありがとう、錦町」

「おおお、雨森ぃ、良い奴《やつ》なんだなぁ、お前!!」

錦町は嬉《うれ》しそうに泣きわめく。

そろそろ鼓膜が破れそうだから離れて欲しいんだが。

そんなことを考えていると、近くまでやってきた朝比奈嬢が頭を下げた。

「……ごめんなさい。私の組織の一員が、迷惑をかけたわ」

「えっ、誰？」

「あ、朝比奈霞《かすみ》と、申します」

真っ直ぐに目を見て謝れる根性、流石《さすが》だと思います。

でも、ちょっと調子乗ってないかな、朝比奈さん。

僕が朝比奈嬢の名前を覚えているとは限らないじゃないか。

なーに『もういい加減覚えてくれたわよね』みたいな雰囲気で話しかけてきてんのよ。

ちゃんと自己紹介してください。

「で、その、あ、あさ……あが？　あが……なんちゃらさんが、何の用だって？」

「……その、朝比奈ですが。えっと……雨森くんと、堂島《どうじま》先輩との話し声、聞こえたわ。

どうやら、私の伝え方が不十分だったみたい。貴方《あなた》を勧誘するのは私のやること。……間違っても、彼がやるべき事ではない」

そうだよね、その通りだよね。びっくりしちゃったよ。

やめてよね、そういうサプライズ。驚きのあまり骨が折れちゃったじゃない。

「で？」

「……またも、貴方の期待を裏切った。謝って済むことでは無いと思うけれど、また、頑張るわ。貴方の期待に添えるよう」

「期待か……。それなら安心しろ。最初からしちゃいない」

そう言いながら、僕は何とか立ち上がる。近くにいた倉敷《くらしき》が僕の体を支えてくれた。

「霞ちゃん。お話もいいけど……雨森くん、これでも骨折してるんだからね？　私が保健室に連れていくよ。霞ちゃんは、新崎《しんざき》くんの警戒だよ。……雨森くんに誇れるような自分になるんでしょ？」

朝比奈《あさひな》嬢を見れば、彼女は真っ赤な顔になってそっぽを向く。ちょっと可愛……いくはないな！　うん！　僕は星奈《ほしな》さん一筋だからね！　惑わされたりしないんだからっ！

そんなことを思いつつ、僕は倉敷の肩を借りて歩き出す。

やがて、僕らは校舎へと入る。

グラウンドの喧騒《けんそう》は遠く、周囲に人の気配はない。

僕は大きく息を吐き、倉敷は、表の顔をはぎ取った。

「……テメェ、今度は何考えてやがる」

「何も。僕は今回、特に何も考えてない」

「嘘《うそ》こけクソが」

僕の嘘を、彼女は間髪を入れずに看破した。

「テメェからは、基本的に嘘つきの匂いしかしねぇんだよ。……そうだな。小説で例えるなら、テメェは地の文でも平気で嘘を並べ立てる。そういうタイプの野郎だ。違うか？」

違うね、大間違い！　なんて酷《ひど》い偏見なんだ！

そんな酷いこと言うなら証拠だせよ証拠をよォ！

そう思いつつも、否定はしない。

「それで？」

「……はぁ、答える気ねぇか。まぁいいや。私がお前に求めるのは、勝利し続けるということだけ。……まぁ、霧道《きりどう》、熱原《ねつはら》、新崎、堂島と、四連続で敗北してるのには目を瞑《つぶ》るぜ、本気じゃなかったもんな」

「……全く、過剰評価も甚だしいな」

そう答えてみるが、彼女の確信は揺るがない。

「テメェは自分の力をさらけだしながら、今まで、ほとんどの戦いで敗北している。強いて言うなら四季《しき》に不意打ち噛《か》ましてぶん殴ったくらいか？　それ以外じゃ尽《ことごと》くの敗北だ。それが導き出す答えはなんだ？」

「『雨森悠人は強いが脅威じゃない』と思わせること」

声が聞こえて前を見る。そこには壁に背を預ける黒月《くろつき》の姿があり、瞬間移動してきた様子の黒月に、倉敷も思わず苦笑いしている。

「どうした参謀、腕相撲は観戦しなくていいのか？」

「たった今、錦町《にしきまち》が新崎に瞬殺されたところだよ。それで、雨森さん。今の考えは正しいですか？」

僕はそんなことよりも錦町大丈夫？って感想の方が強いんだけど。

まぁ、正しいか間違いかって聞かれたら、正しいのだろう。

人間は勝ったことのある相手を、無意識に下に見る習性がある。

それは、どれだけ善性の強い人間でも、多かれ少なかれあるはずだ。

そして僕は、そこから切り込むタイプってだけ。

「……油断されるのは実に善い事だ。容易《たやす》く喉をカッ切れる」

雨森悠人《ゆうと》が力をさらけ出し、それでも目立っていない。

その時点でこの二人なら違和感を覚え、この答えまで達するとは思ってた。

——雨森悠人は意図的に敗北している。

だって、その方が楽だから。

「……ったく、末恐ろしい野郎だよ。まぁ、骨折続きの入院野郎、とも思ってるがな」

「雨森さん、そんなに怪我《けが》をしていると、また星奈さんを心配させますよ」

仮病もずる休みも学生の特権、なら、ずる入院くらいは許されるだろう——とは思うが、確かに星奈さんは心配するよな……あの子ってば僕のことを疑わないし。

正直、学校を休んで好きに動けるというのは魅力的なんだけど、彼女に対して『雨森悠人があんな程度で気絶するわけないだろ』と説明するのも微妙だ。

「……そうだな、善処しよう」

結果として僕はそう答えることにした。

そもそも前回の入院期間で、A組、B組に対しての『策』は仕込み終えている。

既に目的を達したなら、これ以降、僕自身が傷を負うメリットはなにもない。

実際、雨森悠人が公衆の面前で敗北するのは、おそらくこれが最後だろう。

……たぶんね、きっと。堂島みたいな悪例があるから確信はないんだけどさ。

「倉敷、僕を保健室まで頼む。それと、黒月。一つ……いや、二つアドバイスだ。まず一つは『A組は無視しろ』。あの女は僕が居ないC組になんて興味はないからな」

「……分かりました」

「それと、二つ目。第九種目についてだが――」

第九種目は、黒月奏《かなで》の個人種目。

つまり、B組にとっては千載一遇の『潰す』好機。

僕が新崎なら、まず最初に狙うのは頭脳。

それは黒月も分かっているはず。僕は緊張気味の彼の肩を叩《たた》いて言った。

「黒月、お前はきっと負ける。危なくなったら僕を呼べ」

その言葉に、倉敷も黒月も驚いていたが、気にするな、これはただの推測さ。

あまり信頼せず、聞き流す程度にした方がいいと思うよ。

☆☆☆

『第九種目！　謎解きバトルだあああああ!!』

謎解きバトル。……確認しよう、これは体育祭である。

間違っても文化祭などではない。それが……体育祭で謎解きバトル？

もはや、学園上層部と体育祭運営委員会の正気を疑うレベルである。

『説明しましょう！　謎解きバトルでは、まず最初にそれぞれのクラス代表へと暗号文をお渡しします！　その暗号を読み解き、いち早く学園内に隠された宝を見つけた者が当競技の勝者となります！』

謎解きにおける知力と、誰より早く宝の在処《ありか》へ辿《たど》り着くための移動能力。

その二つが試されるこの競技において、黒月が選ばれるのは必然だった。

「黒月ぃい！　俺と雨森の仇《かたき》をうってくれぇ！」

「黒月くん。最後の……十種目目は任せてちょうだい。私がなんとしても一位を取るわ。だから、貴方も頑張って」

錦町や、朝比奈から激励の声が飛ぶ。

それらを受け取った黒月は、軽く笑って頷《うなず》き返す。

「あぁ、雨森からも激励は貰《もら》っていてな。全力を尽くそう」

かくして、黒月奏はグラウンド中心へと歩き出す。

その姿を見て――新崎康仁《やすひと》は笑みを深めた。

（うん、うん……！　さいっこうに想定内！）

あまりにも予定通りに進むせいか、新崎の頬は普段以上に緩んでいる。

彼の立てていた作戦はシンプルだった。

黒月奏をぶっ潰す。そのために、彼が出そうな確率のある全競技に出場した。

騎馬戦など、一部『どうしても気が乗らない』競技は出場を見送ったが、それ以外の全ての競技に出場。黒月奏を倒す機会をうかがってきた。

「本当は、王様を倒す競技でぶっ殺せたらラッキーだったんだけど。……一年A組かぁ。正直眼中にもなかったけど……そりゃそうだよね、もう一人か二人、ある程度出来るやつがいて当然だよね」

――C組の朝比奈や黒月、B組の新崎。

それだけの生徒がいる中、A組に『それ以上』がいないという保証はなかった。

（……ま、あれだけの力だ。現時点の僕じゃ勝ち目はない。……勝ち目もない戦いに挑むなんてまっぴらごめんだし？　今回は、朝比奈霞と黒月奏。お前らをぶっ潰すことに専念しよっか）

「なに独り言ブツブツ言ってんのよ」

一人考えていた新崎へ、四季いろはから声が掛かる。

四季いろは。Ｂ組において、唯一新崎の支配下にない生徒。

彼が、秩序に必要な悪として放任した存在だ。

「うーん、Ｃ組を潰すのが楽しみすぎて、ね」

「あ、それなら私も楽しみっちゃ楽しみね。あのクラス、元々雨森《あまもり》のせいで気に食わなかったのよ。今じゃ、あの星奈もいるわけだしね。あはっ！」

その瞳には暗い光が宿っている。その矛先は考えるまでもなく、彼女自身を殴った雨森、そして、まんまと逃げおおせた星奈蕾《つぼみ》だろう。

（怒りの感情。……なんか少し変な気もするけど、ま、当然の感情だね）

本来、そんな感情も新崎の目指す秩序には不必要だ。

だが、不必要だからと言って無くて成立するとは限らない。

どれだけ望んでいなくとも、必要悪は必ず存在しなくてはならない。

そうでなければ――正しさしか存在しないのであれば、正しさの正当性なんて存在し得ない。間違いと正しさがあって初めて、そこに正しさの証明が成し得る。

新崎――否、Ｂ組にとって、四季いろはとは掛け替えのない『悪性』だった。

「ま、いっか！　それじゃ、早速行ってみましょーかー」

新崎は、自分の中で結論をつけて、グラウンド中心へと歩き出す。

その後ろ姿を見送った四季は、黒月の方へと視線を向けていた。

「どうしようかなぁ、どうやって潰したら一番楽しいかなぁ。どうすれば、どんな殺し方をすれば、朝比奈霞《あさひなかすみ》は傷つくだろうなぁ？」

「……異常者が」

そんな新崎《しんざき》へと、黒月が吐き捨てた。

その顔には嫌悪感が強く滲《にじ》み出しており、それを見た新崎は心外だと肩を竦《すく》める。

「やっだなー。僕は誇り高き一年B組の代表だよ？　だから、B組みんなの期待に恥じないよう頑張ってるだけさ！……ほめてもいいんだよ？」

「……安心したよ新崎康仁。お前が最低の敵だから、俺も手加減しなくて済む」

黒月の返答に、されど新崎は笑みを曇らせない。

まるで聖徳太子のような神々しさで。まるで八方美人のような軽々しさで。

がらんどうの笑顔から、心の籠っていない言葉を放つだけ。

「あら、そ。まーいいよ。楽しそーでなによりさ！」

かくして、各人へと暗号文が入った封筒が配られる。

裏向きのまま配られたそれを受け取り、新崎は再び口を開く。

「C組はさ、『黒月なら、この競技を最短でクリア出来る』とか思ってるよね？」

黒月は言葉を返さない。警戒心は揺らぐことなく、視線は新崎から外れることも無い。

「そりゃそうさ、頭も良くて、瞬間移動もできるでしょ？……まぁ、瞬間移動なんて最高級チート、なんの制限もなく使えるわけじゃないと思うけど」

やはり黒月《くろつき》は答えない。会話するだけ無駄だから。

渡された封筒にも一瞥《いちべつ》もくれず、その意識は全て新崎へと向かっていた。

「だから、『正攻法』で僕は勝つんだ。正しくC組を叩き潰す。C組の誰もがお前の勝利を信じて止《や》まないこの状況。そこを嘲笑《あざわら》うように、否定しようがない決定的な敗北をプレゼントする。……どうだい？　考えただけで面白いだろ？」

イカれている。そう判断し、黒月は瞼《まぶた》を閉ざした。

「雨森が気づかせてくれたんだー。普通に殴っても面白くない。アイツみたいに、ボロボロになって、お仲間に助けられて、最後に残るのは胸糞《むなくそ》悪さだけ、ってね」

新崎の瞳は、雲一つない空のように澄んでいた。

濁りの欠片《かけら》もない、澄み渡った瞳。どこを切っても誠実さ以外は見えない。

それが一層狂気を加速させる。この男は――誠実さを以《もっ》て他者を陥れるのだ、と。

「安心してよ黒月！　この謎解きで……僕は正々堂々お前を倒すから！」

新崎がそう続けて間もなく、試合開始のホイッスルが鳴り響く。

代表者たちは、一斉に未開封の封筒へと手を伸ばし――。

「――まぁ、全部嘘《うそ》なんだけど！」

競技開始早々、新崎は黒月へと殴りかかった。

最初から、神帝の加護『五十％』出力。

あまりの威力に黒月は反応もできず、その拳は彼の顔面を直撃した。

——かのように、思えた。

「……で、嘘がどうした？」

黒月奏は、新崎の拳を真正面から受け止めていた。その光景には新崎も驚きを見せたが、
黒月の体が赤いオーラに包まれているのを見て納得する。

あぁ、これが『身体強化魔法』ってヤツか。

「なんでもありだね、魔法ってのは！」

「新崎康仁。悪いが、貴様にはここで潰れてもらう」

衝撃で、二人の受け取った封筒は天高くまで吹き飛んでゆく。

最初から、彼らに問題を解く意思はない。

いや、あったにせよ、それは最優先事項ではないのだ。

第九種目、謎解きバトル。

ルールは簡単、最初にゴールへたどり着いた者が優勝。

そして、競技中に限り【他者への妨害は全てが自由】とされている。

殴ろうが蹴ろうが異能や魔法をブッパなそうが、全て許される。

故に、新崎康仁は考えたし。黒月は、雨森の言葉に確信を得た。

――相手を潰すなら、この競技が最良である、と。

新崎は拳を握りしめ。黒月は、受け止めた彼の拳を締め付ける。

『おおっとぉ！　いきなり戦闘勃発か!?　一年B組と一年C組ィ！』

放送席の司会からも驚きの声が上がる。

周囲の生徒たちも呆然《ぼうぜん》と二人を見ていたが、その戦いに介入しようという者は居ない。

黒月は覚悟を。ここで絶対にこの男を倒し、雨森の思い描く『先』に進むのだと。

新崎は悪意を。ここでこの男を殺害し、C組を完膚なきまでに叩《たた》き潰すのだと。

他者のため、自分のため。

相反する強烈な意思が、二人の戦いへ踏み込もうという足を止めていた。

「束縛」

――先に動いたのは、黒月奏《かなで》。

捕まえた拳から新崎の全身へと黒い帯が広がる。

黒月の考案した束縛魔法。新崎を相手にすればほんのわずかな足止めにしかならないが、
それでもこの近距離において、一瞬の隙は致命となる。

「はぁッ！」

身体強化した肉体から放たれる、回し蹴り。

それは寸分たがわず新崎の頭部を捉え、彼の頸《くび》から嫌な音が鳴った。

……常人相手には使えない攻撃。されど、今の新崎は間違っても常人とは呼べまい。

二十七名の身体能力、二十七名の自然治癒能力、二十七名の動体視力。

そして、二十七名の異能。全てを合算した新崎康仁には本気で挑むのが前提条件。

殺したくないからと手を抜けば――それこそ、雨森の示唆した未来になる。

（……確かに、言われてなければ『殺さぬように』と手を抜いてましたよ、雨森さん）

雨森の一言が無ければ、自分は確実に手を抜いていた。

たとえ無意識だったにしても、相手が死なないように攻撃を選んだはずだ。

だが、優しさが仇《あだ》となるときがある。特に今回の相手は優しさだけでは勝てない男だ。

「いったいなぁ！　首の骨が折れちゃいそうだよ！」

吹き飛んだ新崎は、空中で体勢を整えて着地する。

ダメージの見えない様子に、黒月は自分の考えが正しいのだと確信した。

「異能を本格的に使い始めたのは熱原《ねつはら》戦以降だが――幸か不幸か、俺は天才でな。既に並以上の熟練度には達してる」

黒月がそう言って、すぐに束縛が壊される。

見れば、新崎は嘲笑うように素手で束縛の魔法から抜け出していた。

「えー、なんか言った？」

「【二重展開《ダブル》・束縛】」

再び黒月は言葉を紡ぐ。先程とは異なり、二つの魔法陣が新崎の周りへと浮かび上がる。

新崎は腕力で束縛の魔法陣を壊そうとするが——壊れない。

先程よりもずっと速く、頑丈で、ずっと強い束縛が、彼の行動より先に完成していた。

「こ、これは……」

「【二重展開・氷結】」

縛られた新崎へと、情け容赦なく氷結が襲う。

それは、かつて熱原を凍らせたものよりもさらに大きな氷柱《つらら》だった。

新崎の体は氷の中へと封じ込められて、それを見上げて黒月は息を吐く。

その息は白く色づく。温度は氷点下近く、周囲の生徒は身を震わせる。

「悪いが最初から全力だ。お前は……手抜きで殺せる獣じゃない」

『な、なな、なんとおおお！　く、黒月選手！　突如として襲いかかってきた新崎選手を返り討ちだぁぁぁああああ！　な、なんという異能、なんというイケメン！　これが一年C組なのか！』

司会の声が響き渡るが、黒月は氷から目を離さない。

どころか次の攻撃まで準備しており、多くの生徒がやり過ぎだろうと顔をしかめた——

次の瞬間。ピキリと、氷柱へとヒビが入った。

「……そしてもちろん、これで終わりとも思わない」

黒月が言った直後に、氷が砕けた。

視界を覆い尽くすほどの氷の残骸。その中を一人の男が駆けていた。

「感想言うね、すごくつめたかったよ！」

氷結の破壊から、接近まで一秒足らず。

変わらずの威力——どころか、先の一撃をも上回る拳が黒月の眼前へと迫る。

氷結のダメージなんてない。というか、そんなものは既に回復していた。

黒月は規格外の回復能力に顔をしかめつつ、後方へと飛んでその一撃を回避する。

「そうか。なら、次は焼こうか？」

「遠慮しまーす！」

しかし、新崎もまた攻撃の手を緩めない。

拳から回し蹴り、回し蹴りを躱《かわ》せば砂が飛んでくる。

延々続く害悪の嵐に、黒月も魔法を挟めるだけの隙を見つけられない。徐々に後方へと下がってゆき……気がつけば、校舎の壁がすぐ背中にまで迫っていた。

「とぉ、りゃあ！」

気の抜けた声と共に、かかと落とし一閃《いっせん》。

「……ッ!?」

嫌な予感。その一撃を見て背筋が凍りつくのを自覚する。

咄嗟《とっさ》に転移魔法で回避をする。

直後、かかと落としが校舎へと直撃し、そして――建物が二つに割れた。

衝撃だけで鉄筋コンクリートを叩き割る。

直撃なんてした日には、人生が物理的に終わるだろう。

黒月は大きな引き攣《つ》り笑みを浮かべ、対する新崎は彼を見上げている。

「逃げられちゃったかー。転移魔法に、浮遊魔法？　見事に浮いてるね、すごいや！」

「……殺意が見えるぞ、新崎康仁《やすひと》」

「やっだなー！　ただの称賛だよ、たぶんだけどね！」

もちろん、ただの言い訳だ。校則がある手前、新崎も堂々と殺すような発言はできない。

だから彼は明言を避ける。偶然、たまたま、うっかり殺してしまった。

そういう形であれば、この学園には【前例】がある。

約半年前。当時の二年生を中心としてクーデターが起きた。

最上《もがみ》生徒会長、その他多くの生徒たちによる学園への反逆。その際に起きた争いでは多くの怪我人《けがにん》が出た上――一人の生徒が命を散らしていた。

しかし、その事故は学園内だけでもみ消され、世間には一切明かされていない。

当然、クーデターという特異な状況下における犠牲と、体育祭での殺害は異なる。

（けど、学園は殺人をもみ消せるんだ。なら、今回も同じだろう？）

どういう理由なのかは知らないが、学園側は学内のもめ事を隠ぺいし尽くす。

であれば問題ないと新崎《しんざき》は判断する。法に触れないのなら、殺害は許される——と。

「し、新崎くん、貴方《あなた》……ッ」

「残念だったね朝比《あさひ》奈《な》。ここじゃ、君は僕を殴れない」

体育祭のルールに則《のっと》った防御壁。他者の介入が違反になる以上、朝比奈霞《かすみ》が黒月奏を助けることは出来ない。それがクラス全員の『失格になってもいいから黒月を助けたい』という総意なれば話は別だが、そこまで話をまとめるには相応の時間が掛かる。

そして、それだけの時間があれば十分殺害まで手が届く。

（なにより朝比奈、君は、黒月のことを信頼しているんだろう？）

今回ばかりは、その信頼が仇となる。新崎は身を屈《かが》めると、一気に走り出す。

「行くよ、『鎖を作る』力×『金属支配』の力！」

彼の身体中《からだじゅう》から鎖が溢《あふ》れ出す。

それらは一直線に黒月へと迫り——黒月は、パチリと指を鳴らした。

「【二重展開・雷鳴】」

そして、雷が轟《とどろ》いた。それは朝比奈霞の一撃に匹敵するほどの超威力。

無数の鎖を巻き込み、新崎の体へと雷が落ちる。しかし、その中で新崎は動いていた。

「匹敵するね、でも及ばない！　朝比奈の方がまだ強かったよ！」

「だろうな。だが、誰かに負けるというのは面白くない」

黒月《くろつき》が両手を掲げると、膨大な魔力が吹き荒れる。

「【三重展開《トリプル》】」

三つの魔法陣が新崎の上空へと浮かび上がる。

彼の扱う『重ね』とは足し算ではなく、乗算で威力が積み重なる。

文字通り別格の魔法。それゆえに扱いも難しく、今の黒月にとっては三重が限界。

しかし一度発動してしまえば、その火力はヒトを殺すに余りある。

「失《う》せろ【灼炎《しやくえん》】」

真っ赤な炎が新崎康仁を焼き尽くす。

あまりの火力、あまりの高温。近づくだけで肺が爛《ただ》れる熱量だ。

多くの生徒が新崎の敗北を確信したが――

「【異能を壊す】異能」

声と共に、灼炎へと斬撃痕が走り抜けた。

一瞬遅れて衝撃波が響き、空中の黒月は風圧だけで吹き飛ばされる。

「ぐ……っ、灼炎を、斬ったのか！」

「だけじゃないよん」

眼前から響いた言葉に、目を剝《む》いた。

――新崎の速度が、さらに上がった。

既に目の前まで新崎は迫っている。まさか、まだ手加減していたのか――と思考が流れたのはわずか一瞬。しかし、その一瞬が明暗を分けた。

「おぅ、ラァッ！」

新崎康仁の拳が、黒月の腹へと叩き込まれる。

情け容赦なく、神帝の加護、出力百％の一撃。雨森《あまもり》には見せなかった新崎の全力。

ソレは鍛え上げた腹筋をいとも簡単に突き破り、衝撃で内臓が暴れ狂う。

痛みは遅れてやってきた。激痛を感じたのと同時に、喉の奥から鮮血が溢れ出す。

さらに遅れて衝撃が黒月の体を吹き飛ばし、校舎の壁をも突き破る。

グラウンドを突っ切り、反対側の校舎まで飛ばされたのだと黒月は遅れて理解した。

「が、げほっ、ごほ……ッ」

身体強化が出来ていなければ胴体に風穴が空いていただろう。

激痛が治まらず、眩暈《めまい》を覚えて頭を押さえる。

黒月は膝に手を当て立ち上がり――その瞬間、眼前へと膝蹴りが迫っていた。

「……ッ!?」

「おっ、躱したねぇ、見事！」

咄嗟に上体を捻《ひね》って躱すと、新崎の膝蹴りは空を切る。

しかし、直撃せずとも直感できた、その蹴りの威力。

(間違いない、まともに食らっていたら首から上が吹っ飛んでいた)

浮遊魔法を使い、壊れた校舎からグラウンドへと戻る。

魔法を解除して地面に降り立つが、ガクリと膝が折れる。立ち上がろうにも震えた膝が言うことを聞いてくれず、彼は奥歯を咬《か》み締める。

(……くそ。恐怖からの震えなら、まだ良かったのに)

恐怖はない。黒月奏《かなで》にとって恐怖、畏怖の対象は一人しかいない。

だから察した。肉体が悲鳴を上げているのだ、と。

「たった、一撃か……」

「そうだよ、それが僕だ。どんな努力も小細工も苦労も工夫も技術も神業も、拳の一振りで破壊し尽くす。それが覇王新崎、この僕さ」

壊れた壁の奥から、新崎はゆったりと歩いてくる。

理不尽なまでの強さ。黒月は雨森から告げられた言葉を思い出し――苦笑した。

(雨森さん。この強さが見えていたのなら、教えてくださいよ)

彼は新崎を読み切った上で、黒月が敗北すると予想した。

きっとそれは間違ってはいないのだろう。純粋な武力で黒月は新崎に劣っている。

黒月はそこまで認めた上で。自分の敗北すら覚悟した上で。

「……なら、勝てば『想定外』になれますね」

心底嬉《うれ》しそうに、少年のような笑顔を見せた。

「……いきなり、なぁーに言ってんのかな？」

「……いいや、お前が哀れに思えてきてね。──どこまで踊ろうと掌《てのひら》の上。そんな自覚もなく踊り続けてるお前が、可哀《かわい》そうだと『僕』は思うよ」

心底から出た言葉。ただの感想。

それは、容易《たやす》く新崎の沸点を通り過ぎた。

「はッ、あはははは！　嘘《うそ》でしょ、まさか自分の敗北すら想定通りとか言っちゃうタイプ？　そういうの僕嫌いなんだよねぇ！　目の前に立ちふさがるなら全部潰せばいいじゃない？　敗北なんてのは弱者のすることだよ、黒月奏！」

「言って聞かせてやりたいね。たまには気持ちよく勝ってほしいよ」

そう答えつつ、黒月は深呼吸して息を整える。

話の嚙《か》み合わない新崎は首を傾《かし》げたが──はっと、かつて覚えた違和感を思い出す。

『黒月奏は、どうして朝比奈の後ろに平然と存在しているのか』

警戒されない、という最高のメリットすら捨てている黒月に、新崎は違和感を覚えていた。かつては流したその違和感——今になって、『正解』の縁に指が掛かった。

「——まさか。まだ、C組には誰か居る、ってワケ？」

その言葉に、黒月は笑顔を崩さない。そのことが何よりの答えだった。

「……朝比奈は、そういう裏工作できるタイプじゃないよね」

であれば、黒月の後ろにいるのは朝比奈ではない。——他の誰かだ。

新崎の考える最高のメリット『警戒されない』を既に取得した何者かが、こうして戦っている裏で好き勝手に動き回っている。そう考えると新崎は背筋が凍った。

そして同時に、ふつふつと怒りが湧いてくるのを感じた。

「……いいねぇ、それ、最高じゃないか！　実を言うと、お前を殺して終わりってのも味気なかったんだぁ！　まだまだC組が楽しめそうですっごい安心！」

満開の狂気。他者を陥れることこそ愉悦と語る新崎に、黒月は真正面から相対《あいたい》する。

「悪いがそれは不可能だ。お前はここで終わる。僕が終わらせる」

「一人称変わって気持ち悪くなった？　頭まで悪くなったみたいだねぇ」

スッと、新崎は目を細めて黒月を睨《にら》む。

相対する黒月は満身創痍《まんしんそうい》。体には力がなく、押せば倒れそうなほどに見えた。

「言っとくけど、本気で殺《や》るよ」

「当然」

対した答えに、新崎康仁は走り出す。
そして黒月は、限界のさらにその先へと足を進めた。
見据える先は真っ暗闇、一歩先が断崖絶壁かもしれない。
けれど迷いはなかった。
本当に欲しい勝利はいつだって、限界の先にしか転がっていないのだから。
黒月奏は闇の中へ、光を――勝利を求めて手を伸ばす。
「新崎康仁、お前の強さに敬意を示す。僕の、全力全霊で君を倒すよ」
黒月の体から目に見えぬオーラが立ち上る。
それは視界には一切映らずとも、遠目に彼を見ていた誰もが認識していた。
認識し、畏怖し、感動さえ覚えた。
それほどまでに、見えぬ何かは美しかった。
美しく、繊細で、なにより膨大だった。
「【四重展開《クアトロ》】ッ！」
それは、本来は使えぬはずの三重の先。練習でも一度も使えなかった未知の世界。
それを、天才黒月奏は土壇場でモノにする。
人体を殺すには余りある火力を、四つの魔法陣を用いて敵単体へと叩《たた》き込む。
……その魔法を設計するにあたり、考えていたこと。

それこそが【雨森悠人《ゆうと》を殺せる魔法】を作ってみたい、というただ一点。

逆らうつもりはない。敵対するつもりはない。

だが、彼に従うだけのつまらない人間になるつもりもない。

ようは、この魔法は意地とプライドの結晶体。

心の底から畏怖する彼へと、自分を示すためだけに作った魔法だ。

「……まさか、貴方以外に向けて使うとは、ね」

それだけ新崎康仁《やすひと》は強く、黒月はその強さを認めたが故に――ソレを解禁した。

編まれた魔力が塔の如《ごと》く積み重なる。駆ける新崎の頭上数十メートルにわたって巨大な魔法陣が重なり、新崎はここに来て初めて……笑みを崩した。

「まじかよ……ッ」

焦る新崎を他所《よそ》に。

黒月奏は、まっすぐに左腕を振り下ろす。

これこそが、最強を倒すために生み出した魔法の神髄。

「【黒刃《コクジン》】」

宙より、闇が浮かぶ。

触れる全てを飲み込むような、得体の知れない何か。

それが刃となって、ただ一点へと叩き込まれる。

全てを切り裂き、全てを飲み込む終《つい》の刃。

それを前に、新崎《しんざき》康仁は限界まで目を見開いて――。

☆☆☆

その結末を、僕は保健室の窓から眺めていた。

決着は、いとも簡単に付いた。

片方の敗北という、あからさまな形で、だ。

「……黒月《くろつき》奏、か。すさまじい才能だな」

僕が見出《みいだ》し、熱原《ねつはら》を利用して殻から引きずり出した。

彼が努力を始めたのはそれ以降。まだひと月程度しか経《た》ってはいないだろう。

にもかかわらず……そこまで積み上げるものかね、まったく。

あの一撃が僕に向けられていたなら――正直、初見で対応するなら腕の一本くらいは落とされていたかもしれない。そう真面目に考えるほど、僕はその技を、彼の努力を全面的に認めようと思った。

――僕は、瞼《まぶた》を閉ざす。
「だが、後で説教だな」
この目を開けたその先に、また変わった未来があるのではないか。
そう思って瞼を開けても、その現実は変わらない。
視線の先で、男は意識を失い、真っ赤な鮮血に塗《まみ》れている。
それを前に、もう一人は傷一つなく立っていて。

戦いの勝者――新崎康仁は、満面の笑みを浮かべていた。

倒れ伏した黒月奏。彼の姿には朝比奈《あさひな》嬢でさえ驚き固まっている。
下手に黒月の強さを知っているから、理解が追いつかないのだろう。
あの黒月が、こんなにも呆気《あっけ》なく負けるだなんて。
それは僕とて同じこと。
驚かずにはいられない。
心のどこかで、黒月の勝利を考えていた自分もいた。
あの技を見た瞬間は、当然黒月が勝ったものだと考えた。
それほどまでに、黒月奏は強い男で。

きっと、新崎康仁はそれ以上に強過ぎたのだ。
納得出来ずとも、理解は出来ている。
それほどまでに、その光景はあからさまだった。
誰の目にも分かる、絶対的な格の違いがそこにはあった。
「……だから、危なくなったら呼べと言ったんだ」
僕は、ベッドから立ち上がる。
傷を負ったふりは止《や》めだ。新崎はどうだっていいが、黒月を壊されて困るのは僕だ。
もし試合の中止が間に合わないようであれば……その時は僕も動き出そう。
当然雨森《あまもり》悠人としてではなく——夜宴《やえん》の長《おさ》、としてな。
「……だが」
歩き出した足が、ふと止まる。振り返るとグラウンドに黒髪の少女が見えた。
僕が手を出すとしたら、あの少女が負ける時だ。
『新崎の対処は任せる』……なんて、あんなの反故《ほご》にしちまえばいいんだがな。
でも、今回ばかりは二言はない。ギリギリまでは、引き続きお前に預けるよ。
できることなら、お前が動け。お前が一人で解決して見せろ。
「……つくづく、素直じゃないな」
そう言って、僕は苦笑する。

多くを求めるということは——つまり、それだけ相手に期待している証拠だ。
認めたくはないが、雨森悠人は朝比奈霞《かすみ》に期待している。
でなきゃ、この僕が『信じて任せる』なんて行動、とるわけがないもんな。

☆☆☆

何が起こったか分からない。
それが、その場にいた大勢の考えだっただろう。
黒月奏《かなで》が技を出し。新崎康仁は真正面からそれに対して。
気が付いた時、黒月奏の顔面を、新崎の拳が捉えていた。
「く、黒月くん……！」
遠く、百メートル以上離れた場所から朝比奈の声が聞こえて、新崎は笑みを深めた。
その顔はまるで、大好物を前にした子供のようで。
純真無垢《じゆんしんむく》という狂気を貼り付け、新崎は死に体の黒月を見下ろしていた。
「だーからいったじゃん。黒月、お前は僕には勝てないんだよ。格が違う」
返事はない。既に黒月の意識はなく、すぐに治療しなければ命に関わるほどの重傷だ。
朝比奈霞は、迷うことなく地面を踏み切った。

信じられないことだが、黒月奏は敗北した。
ならば、失格だなんだと言っている状況ではない。
彼女は全力全開で走り出し――
されど、新崎の拳が始動するのが早かった。
「信頼。いい言葉だよね、それだけで人が一人殺せるんだから！」
新崎の拳が、黒月の頭蓋へと叩き込まれる。
地面が砕け、土煙が舞い上がる。全校生徒から悲鳴が溢《あふ》れ出す中。
――新崎康仁は、限界まで目を見開いていた。
「……何度も言っているでしょう。それは、私が許さない」
その声に、多くの生徒が驚いた。
新崎が拳を振り下ろすより後に動き始めて。
新崎の拳が直撃するより先に、その間へと割り入った。
新崎の拳は朝比奈の片手で受け止められており、それを見て新崎の笑顔が陰る。
「まさか――まだ本気じゃなかったとでも言うのかな」
今のは神帝の加護を百％引き出した一撃だった。
――それを止められた。
この距離を一瞬で駆け抜けた上に、片手で、勢いに乗った拳を防ぐ。

（バッカじゃないの？）と新崎は内心で吐き捨て、無理矢理に笑った。

「雷神の加護……とか言ったっけ？　なんだよその力、チートが過ぎ――」

「挑発はもう十分よ。言うことがないなら黙ることを勧めるわ、新崎君」

一切揺らぐことのない少女に、新崎は歯を食いしばる。

彼の拳を真正面から受け止め、今回の計画『黒月奏の殺害』を破綻させた。

それだけで、今回は朝比奈霞の勝利、自分の敗北だと言える。

少なくとも新崎はそう考えた。

だから悔しいし、腹立たしくてしょうがない。

――というのに、彼女はそれでは納得しない。自分の勝利だとは認めない。

「目の前で誰も傷つけさせない。その目標を思えば――敗北甚だしい現状ね。さすがよ新崎君。私はまたも敗北した」

「……ッ」

心からの言葉に、新崎は笑顔の中に苛立《いらだ》ちを浮かべた。

朝比奈霞の言葉は嫌味ではない、心の底から出た本音だった。

新崎の上辺だけの純真無垢ではなく、正真正銘の純真無垢。

一片の濁りすら感じさせない本音で、朝比奈霞は敗北を認めた。

それが自分の存在を否定されているようで、新崎は怒りを加速させる。

「……ああ、腹が立つ」

雷が瞬く。気が付いた時、目の前から朝比奈と黒月は消えていて。

一年C組の自陣内から、朝比奈の声がした。

「井篠《いしの》くん、黒月くんの治療をお願い」

「えっ？　あ、う、うん！　任せておいて！」

唐突に目の前まで現れた朝比奈に、井篠は驚きつつも返事をする。

その声に振り返った新崎へと、朝比奈は背を向けつつ話しかける。

それは間違っても、勝者に対する――敬意を持つべき相手に対する態度ではなかった。

「新崎君。そういえば宣言していなかったわね。私は、『自警団』は貴方《あなた》を危険人物として徹底的にマークしている。端的に言えば……そうね。あなたを敵と考えている」

「はっ、何をいまさら――」

「言ってる意味、分からない？」

重ねて放たれた言葉に、新崎は固まる。

そして、思い出す。彼女の組織がどんな面々で構成されているのかを。

「貴方がこれ以上悪さをしようというなら……いいえ、もうそんな忠告をすべきときは過ぎていたわね。私は貴方を更生する。ただし、『以前』のように優しくは考えない。まずは全身全霊をかけて貴方を叩《たた》き潰し、貴方が今まで傷つけた全ての者へと謝罪させる」

以前、霧道走《きりどうはしる》という生徒を更生させることに朝比奈霞は失敗している。

その時、痛いほど思い知った。万人に優しいだけでは何も救えないのだと。

だから覚悟した。悪には正義として強く在る。善性として徹底的に抗戦する、と。

対し、狂おしいほどの善性を叩きつけられた新崎は不快そうだった。

「あぁ！　ほんっとうに嫌になるね。更生？　甘い言葉使ってねーで『排除対象』と言い直せよ。あまりにも甘ちゃんすぎて反吐《へど》も出ないぜ朝比奈霞！」

「私は何も間違っていない。貴方は必ず更生させる。どのような悪であっても、この世に排除されるべき存在はないのよ、新崎くん」

今はなきクラスメイトを思い出し。朝比奈は後悔とともに言葉を重ねる。

「私は絶対に諦めない。だから、悪を成すことを諦めなさい」

告げられた言葉に、素直に頷《うなず》き返すような新崎ではない。だが。

「それに、貴方はあまりにも……あまりにも弱すぎる」

「あ？」

重ねて告げられた言葉に、彼の額へと青筋が浮かんだ。

その口から怒気が溢れる。瞳は瞳孔が開いたように薄気味悪く。

ただ、見つめられているだけで吐いてしまいそうな不快感があった。

「なにそれ、負け犬の遠吠《とおぼ》え？」

「ええ、そうよ。これは負け犬の遠吠え。貴方に負けた立場で言い訳するわ。貴方がC組のクラスメイトを襲うのは、私に勝てる自信が無いから。――自分の強さに対する絶対的な自信が無いから。違う？」

違う。誰に問うてもそう答えるだろう。新崎《しんざき》も、朝比奈自身でさえそう考えている。

にもかかわらず、彼女はそう言い切った。

「私は私に自信があるわ。だって、貴方と真正面から戦えるもの」

彼女は清々《すがすが》しいくらい堂々と言い訳をする。

真正面から戦えば私は負けないと、根拠のない自信を叩きつけた。

それこそは正義の化身が初めて使う『小手先』。故に威力も絶大だった。

「C組を潰したいなら、ルールの中で私を倒してみなさい。それもできないのなら……新崎康仁《やすひと》、貴方は永遠『弱い』ままよ」

負けていても、勝ったことがなくとも。

それでも彼女は勝てると確信している。

何があろうと、どんなことをされようと、必ず勝つという覚悟、強烈な責任感。

行き過ぎた『責任感』を突き詰めれば、先には必ず『自信』がついてくる。

本当に負けるわけがないのなら――もう、朝比奈霞の自信は揺るがない。

対する新崎にはソレがない。朝比奈に真正面から勝てると一切陰り無く断言できない。

その事実が彼女の言い訳を正当化し、それを自覚した新崎は奥歯を咬《か》み締める。

しかしその表情は一瞬。すぐに笑顔へと戻ると、新崎は吐き捨てた。

「はぁーーー、きっしょ！　気持ち悪いねお前！」

「あら、犬の遠吠えかしら」

既に、正しいだけの朝比奈《あさひな》霞はいなかった。

敗北し、心も折れかけて。それでもめげずに立ち上がり、挑み続けた。

その果てに今の彼女が存在する。

――万策尽くして、悪を滅する。

今の彼女にとって、正義の味方とはそういうものだ。

「――いいよ、まんまと挑発に乗ってあげるよ。朝比奈霞。首洗って待っててよね。今に、さいっこうに悪意に満ちたルールひっさげて、闘争要請《コンフリクト》しに行くからさ」

「あら、余裕ね。何ならこちらから申し込んでもよいのだけれど」

朝比奈の言葉に、新崎は何も返さず自陣へ引き下がる。

既に、この競技を進めるような気分ではなかった。

新崎の腹の底に溜《た》まった、闇より黒い泥のような不定形。

それは憎悪という感情だった。

ただひたすらに、一年C組を叩き潰したい。

そのためになら、どんな手段もいとわない。

彼は、C組が黒月《くろつき》の救命に動き出したのを横目に。

狂気の笑みを浮かべて、呟《つぶや》いた。

「うーん。そうだなぁ……」

いつだって、新崎康仁の脳内には悪意だけが渦巻いている。

☆☆☆

黒月奏の怪我《けが》は、一年B組の担任、点在《てんざい》ほのかが癒した。

「はーい、時よ戻れー！」

軽い言葉と共に、奇跡が起こる。

黒月の身体中《からだじゅう》に刻まれた怪我、真っ二つに割れた校舎。その全てが瞬く間に修復されてゆき、残ったのは新品同然の校舎と、無傷のまま意識だけを失った黒月奏。

場所は保健室。黒月奏はベッドに横たわっており、その横のベッドには、もう一人の怪我人、雨森悠人《あまもりゆうと》が眠りについている。

倉敷《くらしき》は『黒月がこんな時に、何呑気《のんき》に寝てんだよクソが』と考えていたが、もちろん誰も知る由はない。ベッドに横たわる黒月を見て、点在は話し出す。

「今回はー、新崎くんがすいませんでしたぁー。お詫《わ》びに、傷と身体中の良くないところ、ぜーんぶ直しておきましたのでー。……一応、痛みやショックは残ってるため、まだしばらく目は覚めないと思いますがぁ」

「はい、ありがとうございます、点在教諭」

朝比奈霞《かすみ》は、間髪を入れずに感謝を告げた。

その感謝は心底からそう思ってのもの。そうと気づいた点在は嬉《うれ》しそうに頷き返す。

「はいー。私、朝比奈さんのそういうところ、尊敬しますー。新崎くんの担任教師を、彼とは別と考え、心から感謝できているー。なかなかできる事じゃないですよぉ」

「そう、ですよね……。私も、ちょっと恨んでるもん、点在先生」

倉敷が、落ち込んだトーンで呟いた。それを前に、保健室へと集まっていたクラスメイトたちが顔を曇らせる。あの倉敷でさえそうなのだ。いかなる人格者とて、点在ほのかに対して何も思わないというのはありえない。

そう、それこそ朝比奈霞であっても。

「……恨まない訳では無いです。新崎君に教育を怠った貴方の責任は確かにある。ですが、黒月くんを治してくれた。……それに関しては、感謝の他ありません」

「そうですかー……」

朝比奈の言葉に、点在は残念そうに声を上げる。

しかし、朝比奈に対し、点在の言葉は空っぽだ。

上辺だけの言葉にしか聞こえない。

きっと彼女は、新崎康仁とよく似ている。

だからこそ、朝比奈霞もまともに聞くことは無かった。

彼女は黒月の顔を見つめる。傷はないが表情には痛みがありありと浮かんでいた。

「黒月くん。約束は果たすわ。安心してちょうだい」

「……霞、ちゃん？」

朝比奈の言葉に、倉敷が首を傾《かし》げた。

それを前に、朝比奈霞は決意と共に立ち上がる。

「黒月くんと、約束したの。次の競技は私が勝つから、頑張って、って。……彼は約束を守ってくれた。頑張ってくれた。なら、私がすべきは後悔するでも同情するでも泣き喚《わめ》くでもない。私がすべきは、約束を守ること」

かくして、朝比奈は倉敷へと視線を向ける。

「蛍《ほたる》さん、自警団の長として、仕事を任せます」

☆☆☆

『さて！　それでは十種目目——最終競技に移ります！』

司会席の方から声が響いた。

場所はグラウンドの中心。

蛍さんたちに言伝《ことづて》をした私は、単騎でこの場所へとやってきていた。

この競技ばかりは私以外に適任は居ないだろう。だって次の競技は——。

『異能リレー！　異能を尽くして行われる、各クラスによる千メートル走です！』

この足で走る競技であればなんであれ、私の独擅場《どくせんじょう》だ。

千だろうが五千だろうが、この能力を前にすれば些事《さじ》のようなもの。

誰が相手だろうと、真正面から打ち倒す。私は必ず一位を掴《つか》み取る。

『ルールは簡単、千メートルを誰より早く走り抜けること！　そのため、地面に足をつけない飛行や、空間転移などのチート技は無効となります！　もしもそういう類の能力者がいるのなら今のうちに選手交代しておいて下さい！』

無論、そのルールも把握済みだ。当初は瞬間移動のできる黒月君、烏丸《からすま》君に任せようとも思ったけれど……もとよりリレーならば走るのが正道。

私が速度でぶっちぎる。……仮にルールが転移アリでも、私は私の道を選んだはずだ。

（そういうこだわりが、雨森くんに嫌われている理由なのかもしれないわね）

勝つためなら何をかなぐり捨てても構わない——と言い切れないこと。

やっぱり仲間を見捨てられないこと。変なところで正義の在り方に固執すること。

おおよそ、雨森くんに嫌われているのはそこらへんだろう。

最近は『ストーカー』と呼ばれることも増えてきたが、まあ、そこらへんは雨森くんの勘違いだと思うわ。何をどう考えたら私がストーカーになるのかしら。不思議よね。

今度徹底的に誤解を解かなければ——と考えていた私は、ふと、嫌な気配を感じ取る。

「おや、性懲りも無く出てきたねぇー、朝比奈霞」

それは、とても嫌な声だった。

悪意が善意の皮を被《かぶ》ったような。魔王が正義の味方を装っているような。

刺激的な程の違和感を伴う、嫌な感覚。

「新崎、康仁」

彼の登場に、少しだけ私は驚いた。

彼ならば、この勝負で私に勝てないのは分かっているはずなのに。

なのにどうして、自分から最後の競技に出張ってきたのかしら。

他に生徒たちが居ないのを見るに……私と同じく、単騎で千メートルを走りきるつもりなのだろう。であればなおさら勝機はない。間違いなく私が彼に勝つだろう。

そう確信を抱いたが、表には出さずに無表情を貫く。

ここら辺は雨森くんのポーカーフェイスを参考にさせてもらったわ。

「その言葉、そのままお返しするわ」

「いえいえ、遠慮しとくよ。僕ってば、誰かにあげたものを返してもらうような人間じゃなくてねー」

そう返した新崎君に、先の競技で感じたような『嫌な雰囲気』はない。

いつも通り、なんの憂いもない満面の笑みを浮かべている。

これは……既に、私たちを潰す作戦を考えついたと見るべきかしら。

私は一段階警戒を引き上げると、彼から視線を外してゴールを見た。

「そう。なら、話す事はなさそうね」

「あぁ、その通りだよ。どーせ、この戦いはお前の一人勝ちだろ？　なら僕は正々堂々、本来のルールに則《のっと》って二位争いでもするさ。やっぱり金は欲しいからね」

その言葉から、敵意は感じない。

そもそも、この競技において他の出場者への妨害は禁じられている。純粋な速度の勝負なのだから、新崎くんが私に勝つことなんて万がひとつにも有り得ない。

だからこそ、私は――。

「だから、安心して勝ってくれよ、朝比奈霞」

彼の笑顔に、警戒せずにはいられなかった。

☆☆☆

やがて、最後の種目が幕を開ける。
新崎《しんざき》や朝比奈、その他多くの生徒がスタートラインに立ち。
競技開始のホイッスルが鳴り響いた瞬間――既に、朝比奈霞の姿は消えていた。
いや、消えたと見紛《みまが》うほどの速度で駆け出していた。
あまりの速度、轟《とどろ》く雷鳴。
恐らく、数秒と経《た》たずに朝比奈霞はゴールラインを切るだろう。
その光景を――もう一人の新崎康仁《やすひと》は、校舎内から眺めていた。
「凄《すご》いね、ははっ。これだから潰しがいがある」
彼は、窓の向こうから視線を切ると、眼前の扉へと視線を向ける。
上を見れば『保健室』と室名札が見えた。
「朝比奈霞。僕はお前の挑発に乗ってやる。ただし、それは次回からの話さ」
少なくとも、今回。
黒月奏《かなで》を殺す計画について、正々堂々とするとは言っていない。
彼は、スタートダッシュを切ったもう一人の自分を一瞥《いちべつ》した。

新崎康仁の保有する能力のうち一つ——その名は【分裂】。

自分と全く同じもう一人の自分を作り出す力。

無論、分裂という文字通り、二つに分ければ性能も全て二分割となってしまうが、それにしてもあまりある有用性。

「黒月奏くーん。お前には、悪いけれど死んでもらおうか」

グラウンドから、大歓声が響き渡る。

朝比奈霞《あさひな》の優勝。それは彼女がこの場に居ないことの証明だった。

「思う存分勝ち誇り、喜ぶといい。そして、全てが終わってから気付くんだ。自分が平穏に暮らしていた最中《さなか》、黒月奏は……あぁ、無残にも殺されてしまったのだから」

先《さっき》は、朝比奈霞の速度に遅れをとった。

あれほどまでの速度は想定していなかったから、黒月奏の始末をし損ねた。

だから策を弄した。

今この瞬間、生徒の誰もが体育祭へと目をやっている。

犯行現場は誰も見ておらず、新崎康仁は体育祭の場に存在している。

これだけで、完全なアリバイの出来上がりだ。

新崎は実に楽しそうな笑みを浮かべる。

黒月の死を前に、朝比奈はどんな表情を浮かべるのだろうか。

期待に胸を膨らませ。殺意を込めて、扉を開いた。

☆☆☆

新崎康仁が扉を開く。

その先には寝たきりになった黒月《くろつき》奏、雨森悠人《あまもりゆうと》の両名と。


「…………はぁ？」


見たこともないであろう【黒衣】の人物が、突っ立っていた。

──というか、変装した僕だった。

えっ、寝たきりになってる雨森は誰だって？

野暮なこと聞くんじゃないよ。モテないわよ。

しかし、先ほどクラスメイトが大勢やってきたけれど、ついぞ寝ている僕が偽物だってことには誰も気づかなかったなぁ。頑張って『作った』甲斐《かい》があったよ。

「な、な……ッ！　何者だよお前！」

新崎が叫ぶ。僕は彼を冷めた目で見つめていた。

さて、どうやって煽《あお》り散らかそうか。そう考えていると廊下の方に気配が現れる。

「まさか……ホントに来るとはなァ」

新崎は、廊下から聞こえた声に振り返る。

そこには、表の仮面を完全に剝ぎ取った倉敷蛍《くらしき》の姿がある。

彼女は頭の後ろで手を組みながら、余裕綽々《よゆうしやくしやく》で歩いてくる。

「お前は……」

「やぁ、新崎康仁。初めましての挨拶をやり直そう。私が倉敷蛍だ」

「……へぇ、猫かぶってたんだね。幻滅ー！」

新崎はそう言うが、その視線はすぐに僕へと戻ってくる。

羽織っているローブは、黒月の創造魔法で作ったためアシはつかない。

容姿、体格は変身のスキルで変え、雨森悠人よりも大きめに設定。

声色も同時に変えて、最後の一つまみ、認識阻害で僕の正体を探れなくする。

そうして出来上がった【夜宴《やえん》の長《おさ》】。

本来であれば使いたくなかった姿だし、変身しながら『朝比奈じゃダメだったかぁ』と落ち込みもしたが……倉敷がこの場に来たってなると話も変わってくる。

新崎はそこまで頭が回っていないのか、僕へと意識を集中させている。

「で、質問には答えないわけ？　お前、誰だって聞いてんだよ」

頭が回っていないのは混乱しているせい。

目の前に現れた謎の人物に——一目で恐怖を感じ取ったから。

混乱と困惑と、様々な感情に苛《さいな》まれながら、彼は僕を警戒し続けていた。

でも、その警戒心だってたかが知れてる。

僕は大きく息を吐き……そして、彼の背後から耳元に問う。

「余りに無防備。死にたいのか貴様？」

「——ッ!?」

驚き、背後へと拳を薙《な》ぎ払った新崎。されど、そこに僕の姿はない。

彼は愕然《がくぜん》と目を見開いて僕を振り返る。その顔には既に笑みなんて浮かんじゃいない。

ただ、化け物を見るような目で僕を見ていた。

「お前、まさか……」

「想像している所悪いが、おそらく違うな」

どーせA組のアイツと勘違いしているんだろうが、僕をアレと比べないでもらいたい。

あれは幻術系統の糞《くそ》チート。対し、僕のは純粋な速度だ。

廊下からは倉敷が、驚いたようにヒュゥと口笛を鳴らす。

「へぇー、へぇー！　なるほど、テメェの異能……そういうわけかよ！　そりゃ、隠したがるわけだぜ！　特に——朝比奈、アイツにだけはバレたくねぇだろうよ」

少し離れた彼女からは、きっと一部始終が見えていた。

だからこそ気づけた、僕の本当の能力に。……もちろん異能の全て把握出来た訳じゃないだろうが、それでも力の一端は知られてしまったと見るべきだろう。

「全く……なぜここにいる、倉敷」

「なーに、朝比奈に言われてな。『新崎くんは確実にまた何かしてくるわ。おそらく、私が動けなくなる最後の競技中に』だとよ。なぁ、新崎。てめぇの策、バレバレだったみたいだぜ？　なっさけねぇなァ、おい」

倉敷の言葉に、新崎は愕然とした。

既に、彼の顔に笑みなんて張り付いちゃいない。

その顔には驚きと悔しさと憎悪だけが見えていた。

なるほど……新崎康仁。それがお前の本来の顔か。

「どうだ？　舐《な》め腐ってた相手に、『真正面から戦わないのは自信が無いから』なんて言われて、それでも使った小手先で、完膚なきまでに読み切られて敗北する気持ちは？」

「……ッ、この野郎……ッ！」

新崎が、怒りに任せて倉敷を睨《にら》む。

されど、拳を握ることさえ敵《かな》わない。

だって、彼の前には僕が立っているのだから。

一歩でも動けば、その瞬間に殺される。

そう理解しているから、新崎康仁は動けない。

「なんなんだ……なんなんだよお前！　お前さえ居なければ……仮に、万が一に、本当に策が読まれていたとしても、黒月を殺せる！　そこの女が居たとしても関係ない！　実力行使で、僕は――！」

「……見苦しいな、貴様は」

新崎の喚《わめ》きを、一言で切って捨てた。

「負けた時点で、貴様は負け犬。何を吠《ほ》えようと現実は変わらん。まして、ありもしない仮定の未来にしがみつくとは――。朝比奈はこんな小物に手こずっているのか？」

堂島《どうじま》に言い訳しまくっていた男を棚に上げ、煽り散らかす。

「……ッ！　こ……のッ！　ぶ、ぶっ殺してやる！」

あまりの怒りに、新崎は拳を振りかぶる。

先ほど黒月に向けて放っていた全力の拳。

いやそれ、もう見たよ。二度目の技を僕に使うなよ――この場で殺《や》れるぞ。

とは思ったものの、僕は優しいからね。何もしないで撤退しよう。

僕は新崎の拳を前に、ふわりと姿を消した。

そもそも、最初から僕の役目なんてなかったんだ。

倉敷がこの場に現れた以上——自警団として、もう一人いなければならない男がいる。

「はっはぁー！　遅れてすまぁぁぁぁん！」

凄《すさ》まじい笑い声とガラスの破壊音。

窓を割って保健室へと飛び込んできたのは、筋肉の塊だった。

その男は片腕で新崎の拳を受け流すと、勢いそのまま地面へと叩《たた》きつけた。

俗に言う、一本投げって奴《やつ》だな。

そして雨森悠人は、まるで今の衝撃で目が覚めたようにベッドの上で上体を起こす。

すると、すかさず倉敷からアイコンタクト！

『テメェ、いつの間に偽物と入れ替わりやがった』と。

僕はとりあえず『僕わかんないよぉ』と首を傾《かし》げてみると、彼女は舌打ちをした。

しかし嫌な顔は一瞬。すぐに委員長の仮面を貼り付けた。

「ど、堂島先輩……っ！」

「悪いな倉敷の嬢ちゃん！　朝比奈の嬢ちゃんからも頼まれてたんだけどよ！　腹が痛くてちょっとトイレに行ってたら遅れた！　がはは！」

その男——堂島忠《ただし》は、笑顔と共にそう言い放つ。彼はベッドで体を起こした僕を一瞥、不器用なアイコンタクトを放つと、改めて倒れ伏す新崎康仁を見下ろした。

「詰みだぜぇ、新崎康仁。なーんか今、知らねぇ奴の姿が見えたが……仲間か？　まぁいい。いずれにしても、俺が来た時点でお前の負けだ」

堂島忠、近接最強の男。その強さは本物だ。

間違っても今の分裂体で勝てる相手じゃない。新崎《しんざき》の勝ち目はどこにもない。

新崎は歯を食いしばって立ち上がる。彼我《ひが》戦力の計算はすぐに終わった様子だ。

闘争ではなく、『逃走』。彼が選んだのはそれだった。

選べば後の行動は迅速だ。彼は割れた窓から逃げようと動き出し——。


「あら、お急ぎの様子ね。どこへ行こうと言うのかしら?」


その窓縁《まどぶち》に座っていた少女を見て、完全に固まった。

そりゃそうだ、堂島忠でさえ、彼女が間に合うまでの時間稼ぎ。

どんな最強と言えど、常軌を逸した速さを前には無力同然。

だからこそ、堂島も、倉敷も、黒月も、なんの迷いもなく二番手以降に収まっている。

彼女には勝てないと、本能の部分で理解しているから。

「朝比奈……霞《かすみ》ッ!」

「新崎君、どうしたの? 笑えてないわよ」

既に、形勢は逆転していた。

新崎が考えた無数の作戦。悪意に満ちた多くの計画も今では見る影もない。

朝比奈《あさひな》嬢がそれら全てを完全に読み切り、真正面から打ち破った結果だ。

最後にちょっとだけ時間稼ぎを手伝ったけれど……それも、本来であれば必要のなかったものだ。そもそも堂島が遅刻しなければよかった話だし、遅刻していたとしても倉敷がいる。今の分裂体で倉敷蛍《ほたる》に勝つのはどう足掻《あが》いても不可能だ。

だってこいつ、こんな顔して黒月《くろつき》並みにも強いみたいだし。

……と、色々考えてみたけどさ。なぁ、新崎。

お前、完全敗北ってヤツだよ。

「さぁ、新崎くん。お急ぎなのでしょう？　なら、私は素直に退《ひ》きましょう。今度は、小手先無しで私を倒してくれるらしいから」

「…………」

既に、沸点なんて軽く通り過ぎていた。

新崎の顔には一周回って無表情が張り付いている。

それは、本来であれば背筋が凍るほどに恐ろしい光景だったろう。

でもさ、人間……一度勝った相手は無意識の内に見下す習性があるんだよ。

それは、僕も、朝比奈霞だって変わらない。

もちろん、油断なんてしないけれど。慢心なんてしないけれど。

——新崎康仁《やすひと》は、万策を尽くせば倒せる相手だと。
今ここに、自警団の面々は理解してしまった。
今後、きっと彼らが新崎康仁の影に怯《おび》えることは無い。
現に、今の新崎からは……あまり恐怖を感じない。
大きく感じた体は、まるで小さな子供のよう。
その背中に威圧感はなく。今の彼は——そう、ただの負け犬だ。
彼は、歯を食いしばり、保健室の扉から廊下へ出る。
その際に振り返った瞳には、溢《あふ》れんばかりの憎悪が揺れていて。
僕は、最後の言葉を聞き逃すことは無かった。

「——お前らまとめて、ぶっ殺してやるよ」

それはきっと、一年B組との最終局面への幕開け。
最初に、朝比奈霞が敗北して。
今回は、新崎康仁が敗北した。
結果だけ見れば一勝一敗。どっちつかずの微妙な結果。
だから——という訳では無いが、ここにいる誰もが理解していた。

新崎康仁は、この程度で諦めるような男じゃない。
まだ、奴の心は折れていない。きっと彼はまた挑んでくる。襲ってくる。
ただ、僕ら一年C組をぶっ潰すためだけに。
朝比奈嬢が、新崎の消えた保健室で大きな息を吐く。
その姿を見て、僕は目を細めた。

なぁ、朝比奈。

正直な話を言うと——僕は今回も、お前が負けると思っていたよ。
黒月が第九種目で敗北して、朝比奈が最後の種目で優勝して。
その間に、黒月奏《かなで》が死に絶えると予想していた。
できれば読み切ってほしいという願いはあれど、無理だろうと考えて動いた。
最終的に、僕が新崎を止めるつもりで動いていた。
だけど、結果から見て僕の行動は徒労に終わった。
倉敷《くらしき》と堂島の配置、そのタイミング。全てが見事と言う他ない。
朝比奈霞は、本当に全ての可能性を読み切り、勝利したのだ。
言った自分でも無理難題と思っていた手前、完全に僕の想定外の働きだった。
……この野郎め、褒めたくもないのに褒める要素しか無いじゃねーか！

ちょっとはミスしろよ、それでも朝比奈霞かお前！

「黒月くん……雨森《あまもり》くんも。騒いでしまってごめんなさい」

謝罪してくる朝比奈嬢へ、僕はなんでもないさと首を振る。

「いいや、大丈夫だ。朝比奈。お前は間違ってない」

「私の名前は朝比……奈、……ってあれ？　い、いま……私の名前……！」

驚く朝比奈嬢をよそに、僕は窓の外へと視線を向ける。


最後の種目が終わり、体育祭は幕を閉ざした。

後に待つのは、血で血を洗うような、新崎康仁との全面戦争。

朝比奈霞とて、さすがにこればかりは手に余るだろう。

戦争を一人で止められる英雄なんて、世界広しと言えどそうはいない。

だからさ、朝比奈。


――次の戦いは、僕が出るよ。


お前は強い、確かに凄《すご》い。

だけど、その上がいることを、お前はまだ知らない。

お前に本当の強さを教えること。それを今回の働きへの報酬としよう。

……だが、まだ一つ。次の戦いに向かうには障害が残っている。

前方へと視線を向けると。堂島《どうじま》が楽しそうに笑っていた。

「雨森、忘れちゃいないだろうな？」

「ええ。もちろん」

忘れちゃいないさ、まずはお前をどうにかする。

真正面から叩き潰して、二度と勧誘なんて出来ない体にしてやるさ。

まぁ、新崎が真っ先に逃げ出すような化け物っぷりだが――。

「楽しみにしてますよ、堂島先輩」

これはB組との戦争前の、ちょっとした肩慣らし。

堂島忠、学園最強の一角とあれば……まあ、それなりに期待が出来るだろう。

最低でも――準備運動くらいにはなってくれると信じたいね。

エピローグ

――先に言っておくが。
仮にこれが物語なら、この先は巻末の付録のようなものだ。
大切なことなんて語らないし、何か特別なことが起きるわけでもない。
この先で起きることは全てが『当然』の帰結。
リンゴが木から落ちるように、人がやがて死ぬように。
当たり前のことが、当たり前のように起きるだけ。

夜の七時。約束の時間。
体育祭の幕は閉じ、後夜祭もつつがなく終了した。
生徒は既に寮へと戻り、一時間後に迫る消灯時間を待っているだろう。
僕も色々と疲れているし、さっさとお家に帰りたいなあ……なんて。
そんなことを願いつつ、僕は体育祭の名残があるグラウンドへと足を踏み入れる。
その瞬間、凄《すさ》まじい威圧感が身体中《からだじゅう》を突き抜けた。
「……待ってたぜ、雨森よぉ」

「時間ちょうどですが。堂島先輩」

ちょうど今、時刻は七時を示したところだ。

それで待ったということは……この男、どれだけ前からここに居たんだろうか。すこし
朝比奈臭《ストーカー》がするし、詳しく聞こうという気もないけれど。

「では、早速始めましょうか」

「おうよ！　どれだけ心待ちにしたと思ってやがる！」

堂島は、拳をカチ合わせて声を上げる。

周囲をもう一度確認するが、人の気配はない。

見られていることへの心配はいらない、か。

なら、久方ぶりに……僕も少し、本気で戦うことが出来そうだ。

彼との話し合いなんて、もはや不要。

さっさと始めて、すぐ終わらそう。

「それじゃあ堂島。……すぐに終わってくれるなよ？」

僕の腕から――『黒い霧』が吹き上がる。

事前情報になかった力に、堂島は警戒心を露《あら》わにした。

「お前……【霧】の能力者だったのか！」

ご明察。僕の今まで使ってきた能力は、全てがこの異能に収束する。

能力名は控えさせてもらうが、僕の力は【霧を操る】能力だ。

霧を纏《まと》わせ、視界を奪い。

霧を纏って、姿を変えて。

霧を固めて、幻想を作る。

無論、新崎《しんざき》や黒月《くろつき》のような高威力は出せない。

だけど強いよ、この力は。

「【烏《からす》】」

人差し指を向け、たった一言呟《つぶや》いた。

瞬間、僕の後方へと広がった黒い霧。その中から烏の大群が姿を現す。

「な――ッ」

「この力は、指の数で指定の生物を呼び出せる」

一本から五本まで、合計五種類。といっても五本目は【人】と決めているため、実質的には四種類しか出せない訳だが、そこまで内情を語るつもりもない。

無数の烏は一直線に堂島へと向かってゆく。

それは全て霧によって構成された疑似生物。命なんてありはしない。

だが、外面は精工だ。それに、触ればちゃんと生き物としての感触がある。

生きていないだけで、限りなく本物に近しい偽物。

普通、そんなものを殴ろうとすれば、人間は少なからず抵抗を覚える。

……はず、なんだけどなぁ。

「ふんなぁっ！」

バカみたいな声と共に、無数の拳が繰り出される。

あまりに正確無慈悲。

そして一撃一撃が笑えないほどの威力を有しているのが見て取れた。

堂島は迫り来る鳥の大群を前に一歩も引かず、迫るモノ全てを一匹残らず叩《たた》き潰している。放った鳥は見る見るうちに消えてゆき、やがて全滅。

時間にして一分未満。……おかしいなぁ、軽く百羽は出したはずだが。

「さて、次は？」

しかも、楽しそうにおかわりまで要求してきやがる。

まじかよこの男。異能は知ってるけど……デタラメすぎるだろ。

三年A組、堂島忠《ただし》。異能【目が良くなる】。

純粋に、視力が上がるだけの異能。しかし、極め抜かれたその力は厄介極まる。

双眼鏡要らずの超視力に、朝比奈《あさひな》の動きさえ捉える動体視力。

極めつきは、その先に会得した異能の到達点。

「——簡易的な未来視」

「おお、俺の力を知ってんのか！　なら話が早くて助かるな！」

一つの異能を極めた先に、やがて彼は見えないモノすら見えるようになった。

彼が普段どんな世界を見ているのかは知らないが――そのうちの一つに、『近い未来の光景』も含まれると聞き及んでいる。

無論、星奈《ほしな》さんと比べられるものではない。彼女のように未来を定める力ではなく、あくまで彼の能力は近い未来を垣間見《かいまみ》るだけ。間違えることもあるのかもしれない。

だが、それでも。力に目覚めてから彼が負けたという話は聞いたことがない。

「俺は、ちっとばかし、力を極め過ぎた」

その言葉に、ピクリと肩が跳ねる。

極め過ぎた……ねぇ。目を細めると、堂島は随分と楽しそうに笑っている。

「見えないものが見える、ってのは難儀でなぁ。色々と苦労もしたが……、相手の強さを測るには実に便利だった。相手の強さが俺には見える。だから朝比奈の嬢ちゃんを見たときは腰を抜かしたもんだぜ。あの強さ……学園三指に入るだろう」

しかし、堂島はすぐに考えを改めたはずだ。

何故《なぜ》って？　答えは簡単――雨森悠人《ゆうと》を視《み》てしまったから。

「が、お前さんを見て考えが変わった。まあ、A組に似たようなのが居るがな」

その『似たようなの』を思い浮かべて顔をしかめる。

「はっきり言うぜ、俺はお前ら二人に興味がある。強さが『分からねぇ』ことが不思議でならねぇ。この眼《め》じゃ測り切れねぇほどの強さがあるのか。あるいは他に見えねぇ理由があるのか？　どっちにしても、気になっちまったもんはしょうがねぇ！」

そうか、気になっちゃったもんは仕方ないのかー。

まあ、お前の戯言《たわごと》なんてどうだっていいが——運がよかったな、堂島忠。

世の中には手を出してはいけない女性もいる。これ結構大事な教訓だよ。

特に、人間離れした白髪の少女とか、間違っても敵に回したらダメな筆頭だ。

だって、手を出したら殺されるからね。

と考えつつも、口には出さない。教えてやる義理も無かったからな。

「【鮭《さけ》】」

——指二本。召喚指定した生物は、魚類だった。

僕の足元から『黒い濁流』が溢《あふ》れ出す。

それを見て堂島の警戒が一気に引き上がる。対応としては大正解を贈りたいね。

僕は別段、強い動物とか、そういうのを選んで登録しているわけじゃない。

ただ、僕が相手だったら『嫌だなァ』と思うモノだけを選別している。

濁流の中を、無数の鮭が登ってゆく。

それらは真《ま》っ直《す》ぐに堂島へと向かってゆき、その光景に彼は頬を引き攣《つ》らせる。

「近接戦が得意な奴《やつ》に……足元を狙うかよ！　性格悪いな！」

「だろうな。僕がされて嫌なことだし」

近接戦において、最も重要なのが足元だ。しっかりと地に根を生やし、安定した体勢から放たれる攻撃は時に鋼すらぶち破る。特にこの男なんてその代表例だ。

だからこそ、その足元を奪ってしまう。

無数の鮭が彼の足元へと殺到する。それ自体に威力はないが、鮭に伴って溢れかえった霧の川が、ぬるりとした鮭の体が、彼の足元から摩擦を減らす。

踏み込むだけで大きく滑る。もう、今まで通りの攻撃なんて不可能だ。

「お、お前！　両親から、自分がされて嫌なことを他人にするなって――」

「【鳥】」

黙らせるつもりで、上空からの援護攻撃。

先ほどの牽制《けんせい》と異なり、全ての鳥に命を賭して特攻させる。

凄まじい速度で、先《さっ》きを上回る鳥の大群が堂島《どうじま》を襲う。

悪いが、お前の言う『恵まれた教育』なんてモノは受けて無くてな。

僕にとって、自分がされて嫌なことを他人に強要するのが戦いのセオリーだ。

「最終的に勝てばいい。それ以上の結論が必要か？」

この結論には思う存分反論してくれて構わない。だが絶対に異論は認めない。

勝った負けたを決めるのが勝負だ。であれば、最後には必ずこの答えにたどり着く。

「そうだろ、近接最強の堂島忠」

僕の言葉に、堂島は歯を食いしばる。

しかし、すぐにその視線は僕から外れた。彼がより警戒したのは鳥の大群だった。

先ほどとは量も速度も桁が違う。僕から意識が削《そ》がれ、彼の集中力がさらに深まる。

彼は大きく目を開く。

彼は未来に何を見たのか、頰を引きつらせた。

「……ったく、化け物め」

堂島は大きく拳を振りかぶる。

そして彼が拳を振るったのは——なぜか、自らの背後へと向けてだった。

「へぇ」

目の前に迫る拳に、少し驚く。彼の背後まで【瞬間移動】していた僕は、拳で彼の拳を相殺しつつ、勢いに逆らうことなく後方へと飛び退《すさ》る。

「なんだ、見えてたのか」

堂島へと迫っていた召喚生物の動きを止め、彼へと問う。

このまま攻めれば堂島の体力を削れるだろうが、鳥も鮭もただの陽動。

正直、今の不意打ちに対応してくるレベルともなると、小技で倒せるとは思えない。

「……見えちゃいねぇよ。ただ、後ろからぶん殴られて気絶する俺が見えた。……やっぱり、やべぇなんてもんじゃねぇな。不意打ちとはいえこの俺が一撃かよ」

未来視……か。殴られる未来が見えておきながら、事実その未来は訪れていない。

おそらく彼が見ているのは、改変可能な数秒後の世界。

改変も出来ない決まった未来ならまだしも、堂島の対応次第でいくらでも変えられるというのがまたいやらしい。未来視持ちと戦うのは初めてだが……ここまで面倒臭いとは。

「瞬間移動、だよな今の。今のが奥の手とも思えねぇし……少なくとも同等の手札はいくつも隠してると見たぜ。……知れば知るほど底知れねぇな」

そりゃ、底が見えるほど出してないからね。

「普通は異能で不足をサポートするもんだが、お前は逆だな。あくまでも異能は『陽動』と割り切り、最後は圧倒的な肉体性能で磨《す》り潰す。もしかしなくとも、騎馬戦の時は手ぇ抜いてたな？」

「ああ、もちろん」

公衆の面前だぜ、本気出すわけないじゃない。

本気出してたら新崎なんてとっくに終わってるよ。

ただ、僕が本気を出せば面倒臭いヤツが絡んできそうでな。

あの少女を……一年A組を相手にするには、まだC組の戦力は心もとない。

朝比奈だけではない、クラス全体がもっと成長しなければA組には敵《かな》わないだろう。

それに、A組と本格的に戦い始めたら学園側から注目されるしなぁ……。

というわけで結論、害しかない。僕が本気を出すというのはそういうことだ。

「……しかし、未来視か」

腕時計へと視線を落とす。既に針は七時十分を回り、刻一刻と消灯時間へと近づいていく。グラウンドから自室まで走って十分くらいだとして、晩飯や風呂などの時間も考えると……余裕を見てあと五分。五分以内に決着をつけておきたい。

そして考える。今のまま戦って、あと五分でこの男を倒せるか？

答えは否だ。堂島忠は間違いなく強い。手抜きで五分クッキングとか普通に無理だ。

であればどうする。僕は少し考えたけれど——出た答えはとてもシンプルだった。

パチリと指を鳴らす。

瞬間、彼を襲っていた烏と鮭は消え失《う》せて。

堂島は、驚いたように僕を見た。

「悪いな堂島忠。少し、お前を過小評価していた」

「……あぁ？　なんだ、まだ手ぇ抜いてたのか？」

彼の言葉に答えることはなく、僕は散歩するように彼へと歩いた。

「結果から言って、合格だ。今の攻撃が防げる奴は、この学園でもそうそう多くないだろうしな。だから、お前には相応の敬意を示す」

僕は彼の目の前で立ち止まり、拳を握る。

試して分かった。霧の陽動も、瞬間移動も、分身も変身もこの男には意味がない。

ましてや、身体能力のゴリ押しも堂島相手には効果が薄いだろう。

こちらがいかに早く動いても、堂島忠には改変可能な未来が見えている。

どんな攻撃をしても、結局はネタの割れた手品と一緒。

完膚なきまでに見切られ、対応されてお終《しま》い。まるで難攻不落だ。

——だからこそ、真正面から叩き潰すことには『価値』がある。

「最初に誓え、お前が負けたら、僕のことを口外するな。そして、二度と僕の自由を妨げるな。お前に求めるのはこの二つだけ」

「はっ、生意気な野郎だな。なら、俺が勝ったらお前には自警団に入ってもらうぜ。無論、もう出し惜しみなんて許さねぇ」

堂島の言葉に、僕は納得した。

簡単じゃないか、勝てばいいだけの話だろ？

僕は大きく息を吐き、拳に力を込める。

その瞬間が、殴り合い開始の合図だった。

堂島は、僕の顔面へと拳を振り下ろす。

気がついた時には、もう眼前だ。

あぁ、こりゃ、躱《かわ》すのは無理かな。

僕がそう考えた時には、既に拳は鼻先に当たっていて。

そして、衝撃と共に、真っ赤な鮮血が吹き上がった。

☆☆☆

数分後。

堂島忠《ただし》は、倒れていた。

「……なん、てこった」

彼は驚きつつ、呟《つぶや》いた。その姿を、無傷の僕が見下ろしていた。

面倒臭い未来視を前に、五分じゃキツイと考えた雨森《あまもり》悠人。

そんな僕が取った方法は――もう『ちょっと』だけ本気を出してみる。

そんな、ふわっとした作戦だった。

事実、それで僕が勝った。なんやかんやで一番早くて簡単な方法だっただろう。

「雨森悠人。お前の力……それは何だ？　いや、分かってはいる。その力がどういう能力なのか理解がつく。……だからこそ意味が分からねぇ。なんなんだ、お前は……？」

「それは、お前が勝者となって聞くべきことだったな」

お前は負けた。なら、詮索はするべきじゃない。

敗者にできるのは負けた言い訳だけ。それ以上をしたければ勝者になって出直せよ。

「……そりゃそうだな。負けたヤツが、こういうことを聞くのはおかしい。……けど、気になっちまうもんは仕方ねぇだろ」

堂島忠は、痛みに顔をゆがめつつ、体を起こす。

もう体を動かせるのか……頑丈と言うべきか、強情と呼ぶべきか。

ボロボロな体に鞭《むち》打ってまで野郎の個人情報知りたいかね、普通。

「お前は……」

「安心してくれ。口は堅い。俺は敗者だ。勝者が情けで教えてくれたことにまで、泥を塗るような真似《まね》はしない。大事に抱えて、墓場まで持っていくさ」

まっすぐに僕を見る堂島。

その目がいつかの過去と被《かぶ》り——僕は、ため息を漏らした。

……これだから正義の味方は嫌なんだ。

嘘《うそ》をついていないと分かるし、この男なら事実そうするだろうと信頼できる。……気に入らない相手を信頼できるこの気持ち、なんだろうね。すっごく気持ち悪いんだけど。

「……まぁ、いいか。別に隠し通そうとは思っちゃいないし」

僕の――雨森悠人《ゆうと》の【本当の異能】。
目を悪くするのも、変身も、霧を使うのだって、僕の力の本質ではない。
この力は、あの榊《さかき》でさえ『既に完成形』と教育のさじを投げた、僕だけの唯一無二。
堂島はゴクリと喉を鳴らし、僕は己《おの》が能力の名を告げる。

「僕の異能は――」

☆☆☆

――かくして、僕の後夜祭ならぬ、後夜談は幕を閉ざす。
これにて体育祭に関わる話は、全てが終わりだ。
黒月《くろつき》は未《いま》だに寝たきりだし。
追い詰められた新崎《しんざき》の行動も読みづらくなってきた。
B組との最終決戦がどれだけの規模になるのかも分からず。
それでもこの一件は落着した。
……結果だけ見れば、想定通り。大満足な幕引きだ。
朝比《あさひ》奈《な》霞《かすみ》が成長し。新崎康仁《やすひと》が敗北し。

堂島《どうじま》忠を打ち負かし、制約を設けた。

これにより、夜宴《やえん》の活動がより活発にできるようになる。

堂島忠は、僕のことを口外することを禁じられた。

僕の自由を、奪うことを禁じられた。

ならば堂島忠は、雨森悠人が夜宴の長《おさ》として活動していることを察していても、一切の邪魔をすることが出来ない。

堂島忠は、勘がいい上に、生粋の格闘家だ。

マトモに戦っているところを見られれば、必ず堂島は僕に気がつく。

その時に、彼は先《ま》ず真っ先に僕の障害から除外されるわけだ。

だって彼は、正義の味方。正義の味方は約束を破らない。

……そうだろう？　堂島忠。

あ、でも、約束を破るなら前もって言ってほしいかな。

せめて前日には教えてほしい。

そうすれば、余裕をもってお前のことを排除できる。

たとえ僕の正体が知れたとしても――消してしまえばそれでいい。

ほら、終わり良ければ全てよしって、よく聞く言葉だろう？

あとがき

『朝比奈《あさひな》って誰ですか？』
以前、読者の一人にそんなことを聞かれました。
私は思ったわけです。正気かと。
彼女は清楚《せいそ》で純真無垢《じゅんしんむく》。恋愛の『れ』の字も知らず、憧れだけ抱えて生きてきました。
しかし、そんな折に現れたちょっと気になる男の子。ついつい目で追ってしまう。
『この感情は何なの？　もしかして、これが恋……なのかしら？』
そんな初心なことを考えながら、恥ずかしそうに胸を張る少女。
彼女を『メインヒロイン』と言わずに他の誰を選べましょうか！
私は前記のコメントを送ってきやがった相手に対し、憤慨して返信しました！
「いや、知らないっすね」と。

どうもこんにちは。
近頃は朝比奈さんが『朝御飯さん』呼ばわりされて首を傾《かし》げている作者です。
一体どこをどう間違えたのでしょうか。どうして彼女はこんな扱いなんでしょうか。

最初に『朝御飯』と呼んだ野郎は、何を考えてそんな事言ったんでしょうか。

とりあえず『朝』がつけば何でもよかったんでしょうか。

おそらく原作既読者の方は『いや原作!!』と大きな声で叫んでいるでしょうが、いいえ作者ではありません。間違えたのは雨森《あまもり》くんです。いい加減『朝』から始まる名前を考えるのが面倒になった雨森くんが、とりあえず朝御飯と呼んだに過ぎません。

それが今では『朝御飯嬢』、『晩御飯』、『ロリ御飯』やら派生が増えて参りました。

ロリ御飯ってなんだよ……もう原型すら留《とど》めてないじゃん……。

もはや悪口。なんてひどいことを言うんだ。私は怒りました。

私は探し当てました。最初に言い始めた野郎の名前は『藍澤建《あいざわたてる》』と言うそうです。

なんてひどい野郎だ、ぶん殴ってやろうか。

読者の皆様はこの男だけは見習ってほしくない。そう心の底から思いました。

――ここまで書けば、ご聡明《そうめい》な皆さんは私が何を伝えたいか察してくれたと思います。

本題です。お願いしますから、星奈《ほしな》さんの名前まで間違えないでください。

朝比奈嬢なら分かりますよ。覚えづらい名前してますもんね、朝比奈霞《かすみ》って。

でも、なんで星奈さん？　なんで星奈さんの名前間違えるんですか。

聞くに『ほしな』ではなく『セイナ』だと思ってたから『聖奈』だそうですが……。

朝比奈嬢ならまだしも、星奈さんは間違えないでやってください。

朝比奈嬢ならまだしも、星奈さんが可哀想《かわいそう》なので覚えてやってください。
作者もいきなり『セイナ』って言われても『セイントセイ〇』しか浮かびません。
これこそが、私が第二巻のあとがきで伝えたかったことでした。
以降、名前を間違えるのは朝比奈嬢だけにしておきましょう。

さて、長々と語ってきましたが。
第二巻、最後の最後まで読んでいただきありがとうございます。
皆さんの応援のおかげでこの本を出すことができました。感謝しかありません。
作品の感想欄でも、いつも多くの応援ありがとうございます。
朝比奈嬢の名前を間違える多くの人たち。星奈さんの名前を間違える少数精鋭。
これからも、そんな皆さんに面白い物語をお届けできれば幸いです。
今後も頑張って執筆していきますので、ぜひよろしくお願いします！
改めまして、この作品を手に取っていただいて、ありがとうございました！

追伸、全国の朝比奈霞（実名）様、本当に申し訳ありません。

作品のご感想、
ファンレターをお待ちしています

あて先

〒141-0031
東京都品川区西五反田 8-1-5 五反田光和ビル4階
ライトノベル編集部
「藍澤 建」先生係／「へいろー」先生係

OVERLAP

異能学園の最強は平穏に潜む 2
～規格外の怪物、無能を演じ学園を影から支配する～

発　　行　2023年7月25日　初版第一刷発行

著　　者　藍澤 建
発 行 者　永田勝治
発 行 所　株式会社オーバーラップ
〒141-0031　東京都品川区西五反田 8-1-5
校正・DTP　株式会社鷗来堂
印刷・製本　大日本印刷株式会社

Printed in Japan　ISBN 978-4-8240-0551-9 C0193

オーバーラップ文庫
第七魔王子ジルバギアスの魔王傾国記

第11回 オーバーラップ文庫大賞
原稿募集中!
イラスト：じゃいあん
【締め切り】
第1ターン 2023年6月末日
第2ターン 2023年12月末日
各ターンの締め切り後4ヶ月以内に佳作を発表。通期で佳作に選出された作品の中から、「大賞」、「金賞」、「銀賞」を選出します。
その物語は、
きっと誰かが
好きな物語。
【賞金】
大賞…300万円
(3巻刊行確約+コミカライズ確約)
金賞……100万円
(3巻刊行確約)
銀賞……30万円
(2巻刊行確約)
佳作……10万円
投稿はオンラインで! 結果も評価シートもサイトをチェック!
https://over-lap.co.jp/bunko/award/
〈オーバーラップ文庫大賞オンライン〉
※最新情報および応募詳細については上記サイトをご覧ください。
※紙での応募受付は行っておりません。